새롬이의
문학이야기

새롬이의
문학이야기

윤새롬 지음

이담 Books

『새롬이의 문학이야기』에 대한 추천 글을 제의 받았다.

나 자신이 문인은 아니나 한국지역진흥재단 이사장으로 근무 할 당시 새롬이의 아버지로부터 새롬이의 이야기를 많이 듣고 "새롬이가 참 대견 하구나"하고 생각하고 있었다.

나는 그동안 가끔 신문사로부터 오피니언 입장에서 칼럼을 몇 개월씩 부탁받아 글을 쓰곤 한다.

새롬이가 보내준 원고들을 보았다.

아직 여고생의 소녀가 틈틈이 시, 소설, 수필 및 논설문까지 다양한 장르에서 작품을 썼다.

원래 글이란 남에게 많은 공감을 주기도 하지만 자기 자신에게도 새로운 발전을 주는 계기가 되기도 한다.

이번 일을 계기로 새롬이가 더욱 성장할 수 있을 것이라 생각하고, 글의 내용과 작품이 독자들에게도 많은 공감을 줄 수 있을 것이라 생각한다.

시 부문 중 「찾는다」에서 나타난 한 영역을 인용해 보면

찾는다.
끝없는 숲 속을 헤매며 찾고 있었다.

    <중 략>

"아- 나는 이곳에서 살고 있구나"

깨닫지 못해 행복했고 빛을 보며 행복해했다.
하늘은 언제나 움직인다.
강물이 지나가고 흩어지고 다시 나에게 돌아오듯이
하늘도 또 그러겠지

처럼 21편의 주옥같은 시들이 청순하면서 읽는 독자에게 생각
하는 여유를 주고 있으며, 4편의 단편소설은 짧으면서도 우리
주변의 소재를 통해 간결하게 우리에게 주는 메시지가 있고, 2
편의 동화는 아이들에게 들려줄 수 있는 이야기를 이렇게도
쓸 수 있구나 하는 생각을 하게 하였고, 12편의 수필을 통해서
는 "수학, 내 인생 제일의 굴곡"이란 수필에서 표현 된 것처럼
실제로 경험했던 것들을 통해 교훈적인 부분과 내용에서 전달

하고자 하는 의미를 전문가가 표현하는 것처럼 잘 표현하였다. 마치 현재에 내가 경험하고 있는 것처럼 사실적이어서 독자에게 공감을 주기에 충분하다고 볼 수 있다. 또, 12편의 논설문은 ‘다수결의 원칙과 소수의견 존중하기, 그 사이에서’부터 ‘한글인의 자존심’ 까지, 마치 신문의 사설을 읽는 것처럼 논리적이어서 독자에게 새로운 취지의 방향을 제시해 주기도 한다.

확실히 새롬이는 글을 쓰는 데 노력도 많이 했지만, 남달리 글 쓰는 재주를 타고 난 것 같다.

앞으로 더욱 노력하여 더 훌륭한 글을 써주기를 바라고, 대학입시에서 논술준비를 하는 학생이나 창의력을 함양하고자 하는 학생에게 좋은 지침서가 되리라 생각하여 이 책을 추천한다.

학생뿐 아니라 일반인들에게도 많이 읽혀졌으면 하는 바람이다.

전 한국지역진흥재단 초대이사장

경북과학대학 학장 **최 계 호**

시 부문

목 차

단편소설 부문

동화, 수필, 논설문 부문

시 부문

졸 업

어멈 말마따나 죄다 부질없는 것들
배부른 점심식사 정도의 가치만을 가진 일들
깨고 나면 잊고 마는 숨 찬 꿈과 같은 날들

너와 나는 그랬던 거지.
이만큼만 소중한 인연인 게지.
한 손에 잡힐 듯이 한 줌에 날아가네.

여러 마리 산 입들 정신없이 걸걸하다.
나는 밥 먹는 기계지, 너는 배고픈 짐승이더냐.

에라이 못난 겨울 개개비야
종잇장에 갈겨 적은 졸업장이나 먹고 입 다물라.

이래 말해야 겨우 가라앉는
날캅고 아쉬운 떠나는 마음.

입 청

청산이 가느리는
영예스런 배움터에

이 몸 역시 입성하여
큰 뜻을 펼치리라

녹슨 배로 어느 바다를
건널 수 있겠는가

짙푸른 해상을
능히 잡고 있자하면

응당 탈 것이라 함은
청운뿐이다 하노라

돌 길

내가 걷는 것은
돌 무덤가 돌길이었다.

바스락거리며 애처롭게 타들어가던
그 모래 알알 돌 알알이

신도 채 신지 않은 내 발 가죽에
까슬하게 박히고 있는 것이었다.

그래도 나는 몰랐다.
피가 다 굳어 살갗에 돋은 비늘 같았는데도

그럴수록 나는
마음을 다잡고 마음을 더 잡고

질끈 동여맨 의지가
아무것에도 꺾이지 않도록

스스로 돌길 위를 걸으며
따갑게 훈련하는 것이었다.

비에 담기는 것들

빗물은
빨갛고 파랗고 검은 색

해를 담고
하늘을 담고
땅을 담아 흘러내려서.

나에게 떨어지는 이 빗물은
거친 살점을 미끄러지고

하늘이 떨어져도 모를 만큼 깜깜한 밤에 겨우 가려서
제 색을 차마 못 드러내는 나날들

날이 다시 밝으면
한껏 나를 담아 떨어지겠지.

거짓 속에서도 살아나는

무알코올 소주에도 취하고
전등불에도 싹은 튼다.

위선 속에 있다 해도
그 속에서 속아나는 우스운 꼴이지만

중요한 것은 사실인가 믿음인가.

참이요 거짓이요
알지 못하는 가엾은 운명들은
그 안에서 생명을 살려내고

더럽게 살려낸 촛불이라 해도
그 빛은 더없이 찬란한 진실.

시 부문 21

눈치 채지 못했다.
아픈 줄 몰랐다.
알 수 없었다.

내가 본 것은 흐르는 피가 아닌 이미 굳은 피.

곰인형에 집착하지 마라

"오늘 하늘이 참 예쁘지?"

"응."

"난 내 보라색 머리카락이 별로 맘에 안 들어. 꼭 보라색 외계인 같지 않니?"

"아니야, 내가 보기엔 예쁜 걸."

"그래? 고마워. 너에게 예쁜 빨간 리본을 달아줄 게."

"고마워."

"그런데 넌 내가 학교에 다녀오는 동안 무얼 했니?"

"……"

그렇다. 내가 없는 곰인형이란 없어.

그제야 나는 알아챘다.

그동안 나와 얘기를 해오던 건 곰인형이 아닌 나 자신이었다는 사실을.

곰인형에 집착하지 마라.

아침마다

어김없이 아침은 오고
어김없이 내가 또 하는 행동

머리가 아닌 마음을 질끈 묶는다.
흘러내리는 마음 가닥 하나 없도록

가을이 가는 즈음에

가는 배가 녹시었다.
가지마라 가지마라 해도
녹신 귀로는 알아듣지 못한다.

나의 풍성하던 열매는
나의 아리땁던 영광은
이렇게 허무한 겨울을 맞이한다.

할 수만 있다면
저 눈치 없는 시계바늘을 꺾어
무심히 흘러가는 시간을 잡고 싶은데

날지 못하는 새

넓은 하늘 아래 우는
날지 못하는 새는

밤을 찾지 못해
쉼을 갖지 못해

안식 없이 굶주린 밤은
집을 잘못 찾은 게로구나.

시골집

우리 아버지 나고 자라고 떠났을 그 곳
여기서 걸어서 한 시간도 더 걸린다던 학교를
다녔겠지 우리 아버진
삼형제서 같이.

기둥에 붙어 있던 마패
빠지면 독이 올라 죽는다던 뒷간
만날 주인 바뀌던 개집 개밥그릇 그 앞에 맨드라미

시멘트를 얇게 발라놓은 안마당에는
나 어렸을 적 목욕했던 고무대야가 있었는데 말이야.

그때는 그렇게도 추워 싫던 마루가
귀신 무서워 할머니를 끌고 가던 화장실이

이제는 새로 지은 회색 공장 건물에 먹혀

저 땅속 깊이 묻혀 보이질 않네.
아직도 눈 감으면 펼쳐지는 풍경

그런데 말이야
그 눈물 나는 추억의 공간을 말이야
난 자꾸 깜빡깜빡 한단 말이지.

잊혀져가네.
아 시리다.
가슴이.

찾는다

찾는다.

끝없는 숲 속을 헤매며 찾고 있었다.

언제쯤 나는 이곳을 떠나 그곳으로 갈 수 있을까

산뜻한 공기를 맡으며 언제나 내게 다가오는 아침도

언제나 즐겁긴 마찬가지

그러나 마지막 아침은 언제 오는 거지?

깊은 잠에 빠질 수도 없다.

한참동안 빛을 보고 있었다.

"아 - 나는 이 속에서 살고 있구나"

깨닫지 못해 행복했고 빛을 보며 행복해했다.

하늘은 언제나 움직인다.

강물이 지나가고 흩어지고 다시 나에게 돌아오듯이
하늘도 또 그러겠지.

그러나 난 찾는다.
찾고 있었다. 저 멀리 그곳을

하늘을 따라간다고 하늘을 따라잡진 못한다.
난 그곳을 찾아 숲 속을 서성이지만
끝내 따라잡지 못하고, 뒤쪽에서 나를 향해 다가오는 것
을 발견하지 못하고,
또다시 절망하여 터벅터벅 집으로 걸어가지만
그곳에서 발견한다.
그곳을

내가 걷던 길은 집으로 이어져 있었다.
그리고 집에서 다시 시작되고 있었다.

언제나 사람은 찾는다.
무언가를, 그곳을

눈부신 봄날은 가고

무심히 가는 봄을
나무는 꽃을 떨구며 잡으려 하네
너 가면 나는 죽네
너 가면 나는 죽네

진정 죽지는 않음을 알기에
봄은 무심히 가네
가슴 아린 봄날의 추억을
뒤로 한 채

눈부신 이별이여
눈부신 봄날이여
그렇게 이번 해에도
꽃은 지더라

독 백

나도
반짝반짝 빛이 나는 시를
쓰고 싶지만

태어날 적부터 문학에 소질이 없는
어수룩한 이 여자는

짧은 생에 뭐 그리 할 말이 있다고
끄적이는 걸까

있지도 않은 목도리로
말하지도 못하는 목을 칭칭 휘어 감고

찌그러진 얼굴을 가리고서는
저벅저벅 걷는다

나는 다시 일어설 수 있을까

후회하고 후회하고 또 후회한다.
자책하고 자책하고 또 자책한다.

미안해요
나
이것밖에 안돼서

죽음의 방법과 시간의 이변성

모르는 사람이 물에 빠져 죽었습니다.

아는 사람이 차에 치여 죽었습니다.

소중한 사람이 숨이 막혀 죽었습니다.

나는 언제 죽었을까요?

태양은 통조림 뚜껑

숟가락으로 저 태양을 똑 하고 따면
뭐가 나올까?
참치? 황도?
끈적한 식혜가 나오면 어쩌나.
어쩐지 햇살에 밥알이 붙어 있더라.

헛소리

　얼음은 녹고 그 속에 갇혀 있던 분홍색 꽃이 날아 하늘 높이 솟아올라 네 등을 치면 넌 한없이 깊은 절벽 밑으로 가라앉아 밝은 빛을 보면 다시 살아나는 인형은 뒤로 돌아 너에게 손을 뻗어 잡지 마라. 소리치고 이에 놀란 가재는 고래의 등을 터뜨려 새우 살해 작전을 펼쳐 지나가던 게가 경찰 신분을 숨기고 원고 편에 서서 너의 변호를 맡아 다시 돌아온 바람은 나의 모자를 날리고 이에 달아나던 흙바람이 눈에 들어간 냉장고는 얼음을 녹인다. 다시 헛소리를 시작하자면 —

보내는

보내는 길은 아득한데 넌 총총
머리는 날아가고 꽃은 떨어지고 발은 묶여 있네
배는 곯지 않으려나 날 녹여뜨린 죄로
이렇게 널 보내나 문드러진 안개 속 오직 선명한 것을

꽃의 자화상

못 다 핀 무궁화가 퍽 이국적이다
색색이 머리와 손톱을 물들여
제 스스로 장미가 되고자 하네.

온갖 치장에 지친 얼굴은
돋다 만 잎이요, 솟다 만 가신지라
제대로 그 청춘을 알아볼 수 없구나.

청년이여,
만 번을 피고진다는 무궁화가 되어라.
장미 붉은 빛깔보다 굳고 기찬 꽃이 되자.

청 춘

벚꽃 진다고 나도 질까

첩첩이 떨긔는 청춘을 다시 붙이세

제 알아 도는 계절 기다릴 유 있을 게냐

소녀와 나른한 성

파스텔 톤의 빛이 잦아드는 나른한 성에 소녀가 살고 있습니다. 소녀는 새근새근 단잠을 자고 햇살은 소곤소곤 속삭이고 소녀는 사근사근 실웃고 햇살은 소복소복 쌓입니다. 어제란 기억은 소녀에게 없습니다. 잠시 뒤척이더니 눈을 뜨는군요. 오늘도 눈부신 오후입니다. 아침에서부터 새어나와 밤으로 흘러갑니다. 소중한 오후입니다. 사르르 부서지는 보석으로 세안을 합니다. 간단한 아침식사로 달콤한 향의 차를 끓입니다. 아일랜드에서 가져온 고운 꽃잎으로 끓입니다. 끈적거림 없이 소소하게 방울져 떨어지는 느낌이 좋습니다. 아무런 소음도 없는 이곳은 매우 평화롭습니다. 아픔도 슬픔도 아무것도 없습니다. 단지 이곳에 있는 것은 소녀와 소녀의 나른함입니다. 그 나른함은 점심을 요기한 후 머리를 매만져 주는 친구의 손길에서 옵니다. 시간도 장소도 알 수 없는 연푸른 호수의 고요한 반짝거림에서도 옵니다. 더 이상 복잡 미묘한 고민은 필요 없습니다. 가녀린 소녀에게는 몽롱함과 황홀함과 혼미함만이 따를 뿐입니다. 그 자체가 즐거움입니다. 나른한가요?

단편소설 부문

백구

"으르렁" "쿵쿵, 깨갱" 시끄럽게 짖어대는 개들……

저 동물들 좀 어디 갖다 버릴 수는 없나? "아빠! 저 강아지들 좀 어디 치워 버릴 수 없어요?"

"시끄러 임마, 쓸데없는 소릴 하고 있어"

"아빠~!!"

"그러길래 누가 수의사 아들로 태어나래? 어여 들어가서 공부나 해"

"쳇……" 정말 시끄럽다. 동물을 싫어하는 내가 어째서 수의사 아들로 태어났는지…….

원 참 나…….

"야, 민수야 좀 나와서 도와줘 봐라"

아, 뭐야…… 아깐 들어가라고 했으면서…… .

"언능 나와 이 자식아"

"아, 예! 나가요 지금!!"

마당으로 나가 보니 아빠가 웬 허여멀건 개 한 마리에게 주사를 놓으려고 하고 있었다.

옆엔 내 또래만 한 소녀가 걱정스러운 표정으로 있었다.

개 주인인 듯했다.

그 소녀는 서울에서 내려온 듯, 깨끗한 흰 원피스를 입고 있었다.

이 비린내 나는 동해 바다 마을에는 왜 왔는지……

"야! 너 나왔으면 빨리 좀 도와 봐"

"네~"

아빠는 아직도 그 흰 개한테 주사를 놓지 못하고 계셨다. 흰 개는 정말 미친 듯이 발버둥치고 있었다.

주사가 그렇게 싫은가?

그때였다. 흰 개는 아빠의 손에서 빠져나와 도망을 가기 시작했다.

"어, 야! 야!!"

아빠와 소녀는 그 개를 잡으려고 달려 나갔고, 나 역시도 그 뒤를 따랐다. 그렇게 계속 달리다가 숨이 차서 길가에 주저앉았다.

아빠와 소녀는 벌써 저 – 어만치 가고 있었다.

"쳇…… 그깟 개 한 마리가 뭐 그리 중요하다고……"

그때, 옆에 있는 쓰레기 더미에서 무언가가 꿈틀거렸다. 자세히 보니 아까 그 개였다.

"여기 숨어 있었네." 개가 여기 있는 줄도 모르고 개를 찾아다니는 아빠와 소녀가 바보 같았다.

"야, 너 이름이 뭐냐?"

“멍멍”

“너 이름 몰라?”

“멍멍”

“쳇, 할 줄 아는 말은 멍멍밖에 없지? 무식한 놈” “깨갱” 내 말을 알아듣는 건가? 이번엔 멍멍이 아니고 깨갱이었다. 자세히 보니 이 개는 눈이 젖어 있었다.

“그렇게 주사가 무서웠냐?”

“깽……”

평소 동물을 지독히도 싫어하는 나였지만 이 개만은 마음에 들었다. 다리도 길고 털도 하얗고 늠름한 개였다.

“좋아, 이제부터 네 이름은 백구다. 백구야!”

백구는 내 품에 파고들었다.

더러운 자식……쓰레기 속에 있었으면서 나한테 안기다니…….

이렇게 백구를 만나게 된 나는 백구를 데리고 동물치료소로도 이용되는 우리 집에 왔다.

마당에는 이미 아빠와 소녀가 와 있었고, 소녀는 울고 있었다. 백구를 발견한 아빠와 소녀는 백구에게로 달려왔고 소녀는 백구를 꼭 품에 안았다.

백구 지금 무지 더러운데…….

아빠는 소녀와 백구를 돌려보내고 방으로 들어가셨다.

그 뒤로 백구는 매일 우리 집에 놀러와 나와 놀았다. 냇

가에서도 놀고 마당에서도 놀고 산책을 하기도 하였다. 그리고 신기하게도 백구의 집 이름도 백구였다.

그러던 어느 날이었다.

나는 아빠의 심부름으로 근처 슈퍼에 갔다 오는 길이었다.

도로 쪽에서 삐익-하는 소리가 들리더니, 커다란 트럭이 잠시 멈췄다가 다시 가는 것이었다.

나는 이상한 느낌이 들어 트럭이 잠시 멈췄던 곳으로 가 보았고, 그곳에는 백구가 피를 흘리고 죽어 있었다. 트럭이 치고 간 것 같았다.

정말 허무하고 마음 한구석이 너무 아팠다.

나와 함께 즐겁게 놀던 바로 그 백구가…… 백구가…… 말도 안 돼……!

난 백구가 이렇게 쉽게 내 곁을 떠나 버릴 줄 몰랐다. 백구한테 좀 더 잘해 줄 걸……. 그렇게 먹고 싶어 했던 고기를 좀 줄 걸…….

나는 슬픔을 뒤로한 채 이 사실을 백구의 주인에게 알려야겠다고 생각했다.

백구의 주검을 근처 잔디밭에 옮겨 놓고 소녀의 집으로 무작정 달려갔다. 그러나 소녀는 집에 없었고 나는 온 마을을 헤매며 소녀를 찾았다.

그리고 마을에 단 한 개뿐인 초등학교를 지날 때쯤 나는 가방을 메고 하교하는 소녀를 찾았다. 그리고 소녀에게 말했다.

숨이 차서 말하기 좀 많이 힘들었지만……

"헉……헉…… 백구가, 백구가 죽었어."

소녀는 놀라면서도 멍한 표정을 지었다.

"백구가? 백구가? 말도 안 돼……"

"헉헉…… 슈퍼 앞 큰길에서…… 트럭이 쳤어……
헉……"

"뭐? 그게 정말이야!! 어딨어? 지금 백구 어디 있냔 말이야!"

소녀는 크게 소리쳤다.

"큰길 옆 잔디밭에……헉헉"

"백구야!!"

소녀는 소리를 지르며 백구가 있는 곳으로 갔고, 나 역시
도 그 소녀를 따라 백구에게로 갔다.

소녀는 백구를 끌어안고 펑펑 울었다. 나도 슬퍼해야 했
지만 슬퍼할 수가 없었다. 나는 백구의 주인도 아니고, 더
구나 난 겨우 이런 일로 눈물을 흘린 그런 약해빠진 비실이
가 아니기 때문이다.

시간이 어느 정도 흐르고, 소녀도 울음을 그쳤다. 그리고
나는 그때까지도 어정쩡하게 백구와 소녀에게서 간격을 두
고 서 있었다.

소녀는 백구를 들고 일어섰고 동산공원으로 갔다.

그곳에서 소녀는 백구를 묻었다. 꽃향기 나는 화단에 말
이다.

　나는 소녀가 백구를 다 묻고 그 자리를 떠날 때까지 백구의 무덤으로 다가가지 못했다.

　소녀의 머리끝이 완전히 보이지 않은 다음에야 나는 백구에게 다가갈 수 있었다. 그리고 예전에 그랬던 것처럼 백구의 무덤머리에 손을 올리고 쓰다듬었다. 그러나 백구는 예전처럼 나에게 안기지 않았다.

　그렇게 며칠, 몇 주, 몇 달이 지나고 소녀는 이사를 갔는지 보이지 않았다.

　그리고 백구의 무덤에는 백구만큼이나 해맑은 맨드라미 꽃이 피었다. 아마 백구가 남기고 간 아름다운 선물이었으리라 나는 생각한다.

　눈부시도록 새하얀 어린 날의 백구에 대한 추억은 그렇게 시간이 흘러 흘러도 절대 내 머릿속에서 잊히지 않았다.

40년간 흘린 눈물

태석은 걱정이다. '희숙씨가 나를 어떻게 생각할까? 나를 원망하며 살아가는 건 아니겠지? 내 자식은 어떻게 컸을까?'

전쟁 때 헤어진 자식이 아들인지 딸인지조차 모르는 태석이었다.

하긴, 모를 만도 하다. 뱃속에 있는 아이가 아들인지 딸인지 알 방도는 없다.

"여보, 많이 떨리죠? 형님이 절 과연 어떻게 생각하실까요?"

태석의 둘째 부인 미자가 말을 꺼냈다.

"착한 사람이야, 다 이해해 줄 거야."

말은 이렇게 하고도 내심 걱정되는 태석이었다.

"나 눈 좀 붙이리다."

태석은 의자에서 앉은 자세로 잠을 청했다. 아직 금강산 가는 뱃길은 한창이었다.

태석과 희숙은 결혼한 지 1년밖에 안 된 부부였다.

게다가 희숙은 배가 남산만치 불러 오른 임산부였다. 둘은 개성에서 태석의 홀어머니를 모시고 쌀가게를 하며 그래도 끼니는 건질 만한 생활을 하고 있었다.

그러나 알지도 못하는 사람들에 의해 전쟁은 일어나고 태석의 가족도 남쪽으로 피란을 가기 시작했다. 그러나 거동이 불편한 홀어머니를 모시고 간다는 것은 결코 쉽지 않은 일이었다.

홀어머니와 짐을 손수레에 싣고 가던 중 태석은 갑자기 생각난 게 있었다.

바로 집에 가보를 놓고 온 것이었다.

이 가보는 도자기로서, 태석의 조상이 왕에게 직접 하사받은 물건이라 절대로 놓고 올 수 없었다.

"여보, 어머님을 모시고 잠깐 여기서 기다려요. 내 잠시 집에 다녀오리다."

"무슨 일이신데요?"

"가보를 놓고 왔어요, 금방 갔다 올게. 잠깐만 여기 꼼짝 말고 기다려요."

"같이 가시지 않고"

"당신은 어머니 모시고 여기 있어요. 홀몸도 아닌 사람이 몸조심하고 있어요."

그렇게 태석은 집으로 달려가 도자기를 가지고 다시 돌아왔다. 그러나 이미 아까 그곳엔 사람들은 없고 폭탄에 움푹 파인 땅 자국과 총에 맞아 쓰러진 시체들만이 있었다.

아내 희숙은 이미 폭격을 피해 근처 숲으로 피한 뒤였고, 태석은 희숙이 폭격을 피해 남쪽으로 피신했을 거라 생각하여 남쪽으로 희숙을 찾아갔다.

그러나 희숙은 폭격이 끝나자 다시 태석이 기다리라는 곳에 갔고, 아무리 기다려도 안 오자 집으로 간 것이다. 그렇게 태석은 남으로, 희숙은 시어머니와 뱃속의 애를 데리고 북으로 가게 되었다.

그 뒤로 남쪽으로 내려온 태석은 희숙이 닮은 미자를 만나 재혼을 하고, 희숙은 개성 집에서 시어머니와 아들을 낳고 살아가고 있는 터였다.

- "승객 여러분들, 이제 곧 착륙할 예정이오니 빠진 물건 없이 내리실 준비를 하시기 바랍니다."

"여보, 일어나 봐요. 다 왔대요."

"어, 그렇구먼."

"40년 만에 오는 고향인데, 어때요?"

"글쎄, 하도 많이 변해서"

그래도 심장이 멎을 듯이 떨리는 태석이었다.

북한에 도착하고 이산가족 상봉 일행은 약속장소인 금강산으로 향했다. 화려한 건물의 문이 열리고 태석은 139번 테이블을 찾았다.

그곳엔 희숙과 아들과 며느리, 손녀딸이 있었다.

희숙은 비록 나이는 들었지만 곱게 한복을 차려입은 모습이 예전 그대로였다.

"여보"

태석과 희숙은 서로 부둥켜 끌어안았다. 둘을 포함한 모
든 건물 안 사람들은 아픈 가슴으로 세상을 적시고 있었다.
40년 동안 가슴에 묻어 둔 설움을 토해 내고 있었다.

희숙은 하고 싶었던 말이 많았다. 하지만 그 말들은 입이
아닌 눈을 통해서 나오고 있었다. 모두들 말없이 울기만 했다.

하늘을 날아 보아요

아침이다. 내가 싫어하는 아침이 또 내 눈을 뜨게 만든다.

하루하루 시간이 가는 것을 두려워하는 것은 비단 나뿐인가?

아침햇살에 눈 부시는 게 싫어 이 좁다란 방에 문 말고 유일하게 있는 구멍인 창문에도 두꺼운 커튼을 분명 달아 놨건만 이렇게 또 부신 빛이 들어오는 것은 낡은 커튼에 구멍이 났기 때문이리라.

작년에 교통사고로 가난했던 부모님 돌아가시고 난 고등학교도 겨우 마쳐 얼마 있지도 않은 유산과 아르바이트로 근근이 생명줄을 이어 가고 있다. 그러나 얼마 전에 보니 통장에도 거의 아무것도 남아 있는 게 없더라.

아- 아침이, 이 희망 없는 삶이 더 싫어진다.

일요일이라 새벽에 일어나 가는 신문배달을 가지 않아도 된다.

더 잘 수도 있겠지만 배고픔에 일어나 냉장고 문을 연다. 역시 있는 게 없구나. 그래도 유통기한이 하루 지난 우유가 있어 일단 그것으로라도 요기를 한다.

칠칠맞게 얼굴을 타고 흐르는 우유.

"귀찮아."

"딩 - 동"

아 누구야 일요일 아침부터 나를 찾는 게.

나가 보니 서 계신 것은 주인집 아주머니다.

"신아야, 잘 있었니?"

"네, 아주머니"

"그래, 밥은 잘 챙겨 먹지?"

"네"

"지난번처럼 또 허튼짓 했단 봐라. 바로 쫓아낼 거야!"

"네, 알겠어요. 안 그래요 이제."

"그래. 아 근데 저…… 밀린 월세는 어떡할 거니?"

"아, 죄송해요. 금방 드릴게요. 지금은 돈이 없어서……"

"그래 알았다. 다음에 오마"

아……, 월세를 안 냈구나. 이를 어쩐담. 지금 돈이 하나
도 없는데.

당장 아르바이트 자리를 하나 더 구해야겠다.

아주머니께서 말하는 지난 번 일이란, 내 자살 소동이다.

지난 주 갑자기 심해진 우울증과 희망 없고 재미없는 날
들의 연속으로 지루함에 못 이겨 방 안에서 목을 매었건만
마침 월세를 받으러 온 아주머니께서 바로 발견하셔서 정
신을 채 잃기도 전에 살아났었다. 그냥 그때 죽었다면 오늘

같은, 그리고 매일 같은 끔찍한 시간들은 멈췄을까?

"꼬르륵"

아, 배고파. 집에 있는 것도 없고 라면이나 사러 가야지.

세수도 하지 않은 채 나는 밖으로 나간다.

라면도 이젠 하도 먹어서 질렸지만 따로 먹을 만한 것도 없다. 어쩔 수 없이 난 또 천 원을 들고 나간다.

하늘이 참 푸르구나! 겨울이 오려는지 바람 냄새가 달라졌다.

더럽다던 서울 하늘이지만 아직은 볼 만하지. 어렸을 때부터 하늘을 무척 좋아했던 나는 하늘을 날고 싶어 했다. 그러나 난 날지 못한다.

"아! 뭐야."

이 동네에 유일하게 있는 슈퍼가 문을 닫았다. 이제 큰길로 나가 편의점으로 가야 한다. 거긴 너무 멀다고~.

그래도 어쩌겠는가. 배는 여전히 뭘 넣어 달라며 이 아우성인 걸.

큰길로 나왔다. 6차선 도로 위를 공격적으로 달려대는 차들과 커다랗고 네모난 빌딩 사이를 걸으며 난 이런 생각을 한다.

'다들 살아 있지 않아' 모두 표정이 없다. 차들도 건물들도 지나가는 사람들도 모두 표정이 없다.

'외로워' 다들 나와는 다른 세상인 것만 같다.

편의점이 드디어 보이고 난 라면 2개를 사들고 나온다. 검은색 비닐봉지가 귀찮게도 내 손목을 휘감으며 찰랑찰랑 댄다.

"귀찮아, 정말."

"우두둑"

갑자기 비가 오기 시작한다. 분명 몇 분 전만 해도 푸르던 하늘이 갑자기 검게 변한다. 소나기다.

촉촉이 젖어드는 땅, 축축이 젖어드는 어깨. 집에 가도 갈아입을 만한 옷은 별로 없지만 지금 이 옷은 젖게 해도 괜찮을 것 같은 느낌이다.

어차피 조금 젖든 많이 젖든 갈아입을 거면서.

난 걷는다.

"낑낑."

어?

이건 강아지 소리! 때늦은 단풍의 나무 밑 길가에 웬 상자가 하나 있다.

분명 아까까지는 없었다. 가까이 가 보니 그 안에 강아지가 한 마리 들어 있다. 개에 별로 관심이 없어서 무슨 종인지는 모르겠지만 갑자기 쏟아지는 비에 젖은 모습이 무척이나 처량해 보인다. 꼭 나처럼.

"낑 –"

이 녀석이 자기를 데려가 달라는 듯 애교를 부린다.

"넌 어디서 왔니?"

대답이 없다. 하긴 개가 내 말을 알아듣기나 하겠는가.

그냥 집을 향한 걸음을 다시 시작한다.

"깨갱!" "이 조그만 녀석이!"

"끙 – "

"아 좀 가만히 있어 봐. 안 마르잖아! 기껏 목욕시켜 줬더니만"

결국 난 그날 뒤로 비에 젖은 강아지와 같이 살게 되었다.

나 하나 먹고 살기도 힘든 판이지만 왠지 그날 닮은 녀석을 그냥 두고 올 수 없었다. 이 녀석과 함께 라면을 나눠 먹은 것도 벌써 2개월이다.

"자, 이제 산책이나 나가자!"

눈이 많이 와 추워서 며칠 동안 강아지를 데리고 밖에 나가지 못했다.

오랜만에 하는 산책이라 이 녀석도 기뻐하는 듯 보인다.

산책이라 해 봤자 마을 한 바퀴 도는 일에 불과하다. 집을 나와 강아지와 함께 길을 걷는다. 눈 밟히는 느낌이 좋다. 그런데 갑자기 이 녀석이 뛰기 시작한다.

"야! 너 어디가!"

한 번도 가 보지 않은 마을 위쪽 언덕이다.

"야! 어디까지 가는 거야"

순간 숨이 멎는 줄 알았다. 정말 환상적으로 예쁜 하늘.

마음이 뻥 뚫리는 듯 환히 다 보이는 마을의 풍경.

혼자가 된 뒤로 느껴 본 적 없는 자유로움과 상쾌함이다.

그래, 세상은 살아 있어. 난 이 속에서 살아가는 거야!

이 기특한 녀석 덕에 이렇게 좋은 곳도 알게 되고 삶의 의욕을 다시 찾았다.

하늘을 날고 싶어!

난 이미 날고 있었다. 넓고 푸른 하늘을 내 마음은 분명 지금 날고 있다.

집으로 돌아가고 있다. 분명 이 길은 내가 매일 다니는 길.

하지만 이제 나는 다르다. 이제 나에겐 강아지도 있고 희망도 있다. 하늘을 나는 것처럼 즐겁게 사는 거야! 그래 그 느낌으로 세상을 나는 거야!

전봇대에 식당에서 일할 사람을 찾는다는 광고지가 붙어 있다.

일단 이거라도 해서 월세를 내야겠다. 나는 광고지를 떼어 접어 주머니에 넣는다.

이제 이 길은, 아침은 지긋지긋한 것이 아니다. 나에게 새로운 하루하루를 주는 고마운 것들이다.

비가 올 때 뛰는 것은 어리석은 행동이 아니다.

의욕 있는 무언가를 행함으로써 삶의 새로운 희망을 찾는 것이다.

이제 나는 하늘을 그리고 세상을 날아다닐 것이다.

비로부터

쏴아아 -

아 비가 오나? 우산 안 가져왔는데.

소나기 잦은 여름에 우산을 챙기지 않은 내가 바보인가. 사람 많은 게 싫어 일부러 방학에 왔는데도 여전히 대학 도서관은 붐볐다.

괜히 왔나.

난 자주 사람 많은 곳에서 심한 어지럼증과 멀미를 느끼곤 한다.

도서관 로비에 도착했다. 생각보다 많은 비가 쏟아지고 있었다.

내 앞에서 색색의 우산을 쓴 많은 사람들이 급히 제 갈 길을 가고 있었다. 그 모습이 흡사 물 잔에 떨어뜨린 꽃가루를 보는 듯했다.

혼란스러운 시각적 자극 탓인지 약간의 편두통이 왔다.

이와 동시에 오른 손톱이 제멋대로 움직여 왼손 검지에 생채기를 냈다. 나의 몸은 가끔씩 내 의지를 거스르는 행동을 보인다.

꽤 아프다.

그래도 이렇게 위험하지만 손톱을 기르는 이유는 어머니가 좋아하셨기 때문이다. 나의 아홉 살까지의 기억 속에만 남아 있는 우리 어머니는 날 여자아이처럼 키우셨다.

인형을 사 주셨고 언제나 손톱엔 매니큐어, 옷에는 레이스였다.

내 손이 자기 손을 닮아 예쁘다며 참 좋아하셨다.

그렇게 날 영원히 곱게 키우실 것 같았던 어머니는 내가 아홉 살 되던 해 돌아가셨다.

난 약하다. 어머니만큼.

오늘도 컨디션이 좋지 않다.

어서 집에 가야 하는데 우산은 없고 비를 맞을 수도 없다. 그랬다간 감기에 일주일은 고생할 텐데.

그때였다.

목소리 하나로 모든 어지러움을 가셔 버리는 그녀가 내 앞에 나타난 것이다.

“우산 없으세요?”

“아 네, 없는데요.”

“이거라도 쓰실래요?”

“아 우산 하나 더 있으세요?”

“아니요, 이거밖에 없어요. 이거 갖고 집에 가서서 우산 하나 더 들고 다시 여기로 오세요. 그럼 제가 집에 갈 테니까.”

"네?"

"싫으면 그냥 같이 쓰고 가든지."

멍 – 했다.

모르는 여자가 말을 걸어왔다는 사실보다 나를 더 멍하게 만든 것은 그녀의 목소리였다.

그녀가 말을 꺼내자 난 그녀의 목소리밖에 들리지 않았다.

다른 아무것도 들을 수 없었다. 청량했다. 모든 잡생각들을 사라지게 하는 상쾌한 소리였다. 태어나 한 번도 느껴 본 적 없는 깨끗한 느낌이었다.

난 별말 없이 우물쭈물 서 있었고 어느새 우산 속으로 들어가 버리고 말았다.

내가 한 거 아니다.

정말 내가 하려고 한 거 아니다. 그냥 단지 또 몸이 저절로 움직였을 뿐.

우산 밖이 보이지 않았다. 나의 모든 감각은 그 작은 우산 안으로만 한정되어 있었다.

보이는 건 그녀의 깔끔한 단발머리, 들리는 건 그녀의 발걸음 소리, 느껴지는 건 튀는 빗방울과 함께 간간히 맞닿는 그녀의 하얀 팔뚝이었다.

여름 오후 소나기에서 나는 봄의 아침 비 냄새를 맡았다.

동화, 수필, 논설문 부문

힘든 필름

따다닥. 따다닥. 이곳은 공장입니다.

나는 지금 완전한 필름으로 만들어지고 있습니다.

그때, 갑자기 공장 기계가 고장이 나고 말았습니다.

사람들은 답답해했지만, 덕분에 나는 잠시 쉴 수 있었습니다.

내가 잠시 숨을 돌리고 있을 때였습니다.

저－쪽 쓰레기통에서 부스럭거리는 소리가 들리더니 버려진 필름 하나가 보였습니다.

그 필름은 나에게 필름이란 직업은 힘든 일이라고 했습니다.

나는 아직 필름이라는 직업은 멋진 사진을 찍는 화려한 직업으로 알고 있었기 때문에 콧방귀를 뀌어 버려진 필름의 말을 무시했습니다.

하지만 결국 버려진 필름의 말에 푹－ 빠져 버리고 말았습니다.

"내가 말이야, 한때는 잘 팔리는 필름이었어.

동이 나서 못 사고 돌아가는 사람이 있을 만큼 말이야.

나는 한 아이에 의해 사가져 가게 되었지.

처음에 나는 그 아이가 아빠 심부름을 하는 줄 알았어.

하지만 그 아이가 집에 들어가는 순간 나는 놀라고 말았지.

폐허 같은 집에 딸랑 작은 방 하나.

그 안에는 다 떨어진 이불만 있었어.

그때, 나는 이제 내 화려한 인생은 끝났구나 하며 한숨을 쉬었어.

아이의 집 안에는 울고 있는 작은 아이가 있었어.

그 아이는 매우 배고파하는 것 같았어.

나는 그 집을 구경하며 하루를 보냈단다.

다음 날, 아침부터 누군가가 아이의 집에 찾아왔었어.

화장을 짙게 한 아주머니와 무척 새침데기같이 보이는 여자아이였어.

그 여자아이는 나를 산 아이의 손에 있던 나를 모질게 뺏고 이곳 공장 쓰레기통에 버렸어.

너는 나처럼 살지 마……

난 이제 곧 없어질 거야……”

버려진 필름의 말이 끝나자마자 공장의 기계가 다시 움직였습니다.

나는 나도 모르게 눈에 눈물이 고였습니다.

그리고 눈물과 함께 진짜로 완성된 필름이 되기 위한 마지막 기계의 까만 입 속으로 들어갔습니다.

신발 한 켤레

어떤 가난한 집이 있었습니다.

이 집은 가난함에도 불구하고 아이가 7명입니다.

그래서 항상 북적북적합니다.

이 집은 가난하지만 다행히도 아픈 사람은 한 명도 없었습니다.

그래서 폐품 모으기를 하시는 아버지는 항상 하늘에 감사했습니다.

어느 날 이 아버지는 신문광고에서 중고 세탁기를 무료로 준다는 광고를 발견했습니다.

마침 이 집 세탁기가 말썽이라 중고 세탁기를 가져오기로 했습니다.

그런데 이 집 아이들이 신발이 너무 낡았다고 새로 사 달라고 투정을 했습니다.

하지만 아빠는 아직 쓸 만하다며 사 주지 않고 투정하는 아이들이 귀찮기만 했습니다.

다음 날 아버지는 중고 세탁기를 가지러 세탁기를 내놓

은 집으로 찾아갔습니다.

그 집은 아주 부자였습니다.

그래서 아버지는 그 집을 부러워했습니다.

집에 들어간 아버지는 부잣집 사람들과 이야기를 나누었습니다.

그 집에는 하인 하나 없이 부부 둘이 사는 것 같았습니다.

아버지는 신발을 사 달라고 조르는 아이들 이야기를 하였습니다.

그랬더니 부잣집 여자가 막 울면서 방으로 들어가는 것이었습니다.

아버지는 자신이 큰일을 저지른 것처럼 사과를 했습니다.

하지만 부잣집 남자는 괜찮다 하면서 아버지를 방으로 데리고 갔습니다.

그곳에는 휠체어를 탄 여자아이와 한 번도 신지 않은 신발이 있었습니다.

중고 세탁기를 끌고 가는 아버지는 신발 사 달라고 조르는 아이가 있는 자신을 매우 행복한 사람이라고 생각했습니다.

The crime aiming girls

Lately, it is distinguished to increase crime, especially aiming young girls. Kidnaping and child rape cases are seen frequent recently. 'Rape' means sexual violence. It became a hot potato. So self-protection products sell well suddenly. And parents who have children go school together because of anxiety.

Why this problem suddenly becomes hot issue? I'll show you some cases became controversy.

Last year Christmas day, two girls were missing in Gyung-gido Anyang. Their name was Lee Hyejin and Woo Ye-seul. They were only 11 and 9 years old. And then a few months passed, two dead bodies discovered with broken brutally into pieces in another city Su-won. Crime purpose was a rape. The criminal had a wrong view of womanhood and sexual type. He said he killed them to hide his sexual marks. It shocked everyone. Especially victims' family fainted and suffered from a mental disease.

Also on last month, an elevator CCTV video tape in Gyung gi－do Il－san was opened to the public. It was including an attempt to kidnap by a middle aged man although it was daytime's apartment. It is also looked crime for a rape. As a girl who might be kidnapped was smart and strong, she was rescued soon by other person. It was fortunate but she was already struck terribly. She already got a bruise and bled all over the body. I heard she is suffering from a terrible mental disease now. She can't have normal life any more. Why don't you angry?

It is to be regretted that these crime mainly aim young and pure girls who don't know anything. I can't understand how to see young girls for sexual subjects. They are just children needed take care of. They should never be afflicted by adults.

This is very big controversy. The whole nation criticize the criminal and reconsider about dangerous society. Many people criticize the police's late and insincere investigation. Death penalty and treatment of sex offender also rise up as argument.

Korea froze with terror now. I don't want to raise my children in this fearful world. Children should grow up happily not frightfully. How can we make the world safe

place? Please consider what we should do.

언젠간 고장 나 버릴 모든 것들

의자가 망가졌다.

소중히만 다룬다면 의자에 수명이 어디 있겠느냐만은 족히 10년은 써 온 꽤나 나이 먹은 의자이기에 '아 망가질 때가 됐구나.' 하는 생각이 든다.

지금은 완전히 만신창이가 되어 버렸지만 한때는 이것도 반짝반짝한 새 의자였겠지.

처음이고 새것이었을 땐 정말 금이야 옥이야 곱게 다루려고 했었는데 시간이 흐르고 우리 가족이라는 생각이 들자 점점 막 대하기 시작했다. 그리고 이렇게 부품도 부러지고 완전히 고장까지 나게 된 것이다.

우리는 살면서 얼마나 많은 처음과 시작을 겪는가?

처음 밥을 먹었을 때, 처음 걸음마를 뗐던 그때를 기억하는가?

내가 처음 학교에 갔을 때 처음 사람들을 만났을 때 모든 일에 최선을 다할 것을 다짐했건만 이제와 돌이켜 보면 그러지 못했던 게 매우 아쉽다.

모든 일들은 시작하고 함께하다가 결국은 끝이 난다.

'모든'은 과장이라 할지라도 '대부분'은 그럴 것이다.

사람들과의 만남도 제 수명이 다하면 고장이 나 버리겠지.

그러기 전에 그때가 되어도 '아 헤어질 때가 됐구나.'라고 가볍게 생각할 수 있을 만큼 후회 없이 모두에게 대해 줘야겠다.

또 10년의 수명을 15년으로, 20년으로 늘릴 수 있도록 같이 있을 때 잘하자.

가족 같은 의자를 금방 버리고 싶은 게 아니라면 말이다.

고장 난 게 원래 컴퓨터 의자로 쓰던 의자였는데 더 이상 앉을 만한 여건이 되지 않아 지금은 피아노 의자를 가져와 쓰고 있다(컴퓨터 바로 옆에 피아노가 있다). 책상과 잘 맞지 않는 높낮이 때문에 조금 힘들긴 하지만 쓰다 보면 나름대로 괜찮은 것 같다.

등받이가 없어서 허리도 바르게 펴서 앉게 되고 말이다.

무언가 우리에게 소중한 것이 어느 날 갑자기 다시는 쓸 수 없게 되더라도 너무 거기에 매달리진 마라.

그것을 대체할 피아노 의자를 찾으면 될 일이다.

수학, 내 인생 제일의 굴곡

초등학교 때 나는 똑똑하고 당찬 아이로 선생님께 신임을 받고 있었다.

실제로 매년 반장을 놓친 적도 없고 전교부회장으로도 활동했었다. 그러나 그런 나에게도 잊지 못할 충격적인 사건이 하나 있었다.

내가 초등학교 4학년이었던 때, 나눗셈을 처음으로 접하는 수학시간이었다.

그러나 다른 반으로 선생님의 심부름을 갔다 온 나는 나눗셈의 원리와 핵심내용이 담겨 있는 수업을 듣지 못했고, 선행학습을 해 본 일이 없어서 나눗셈에 관해선 백지상태였던 나에게는 이것이 큰 타격이었다.

뒤늦게 수업에 합류한 나는 수업 뒷부분을 하나도 알아듣지 못했지만 어린 나이에 가진 알 수 없는 자존심과 부끄러움 때문에 질문 하나 하지 않았고, 바로 다음 날 전날 배운 나눗셈을 잘 기억하고 있는지 시험하기 위한 간단한 수학학습지를 백지로 제출해야 했다.

그 학습지는 나눗셈의 방법만 알면 누구나 푸는 기본적인 문제들밖에 없었고, 백지로 낸 학생은 나밖에 없었다.

나는 굉장히 어려운 시험을 치르고 있다고 생각했기 때문에 문제를 못 푼 것이 문제가 될 거라고는 생각하지 않았지만 다른 이들은 그게 아니었나 보다. 선생님과 친구들 모두 그 자리에서 크게 놀랐고 부모님께 연락까지 갔다.

문제 좀 못 풀 수도 있는 거고 그렇게 큰일이 아닌데도 불구하고 다들 너무 심각하게 받아들여 난 꽤나 놀랐다.

나중에 친한 친구에게서 들은 말인데 다른 아이가 백지를 냈다면 별일이 아니었겠지만, 항상 뭐든지 잘하고 거의 all 100을 맞던 내가 그 쉬운 문제에 손도 못 댔다는 사실에 자기도 충격을 받았다고 한다.

학생이 교실에 없는데 그런 중요한 수업을 했다는 것은 선생님의 실수였지만, 모르는데도 질문하지 않고 부끄러움 때문에 아는 척하며 고개를 끄덕인 나의 잘못도 컸다.

그 뒤로 나는 잘 이해가 안 가는 것이 생기면 바로바로 손을 들어 질문하는 귀찮은 학생이 되었다. 이런 변화는 후에 적극적인 수업 참여를 통한 실력 향상에 큰 도움이 되었다. 물론 지금은 나눗셈 역시 능숙하고 말이다.

나눗셈에 관한 소동은 그렇게 지나갔고, 나는 중학생이 되었다.

중학교 때는 내가 수학을 굉장히 잘하는 줄 알았다. 서울이지만, 우리 중학교에는 나보다 수학을 잘하는 학생이 몇 명 없었다.

친구들은 고지식하다고 했지만 난 학교를 최고의 교육장소로 여겼기 때문에 종합학원은 고사하고 수학학원조차 다닌 적이 없어서 특출하게 실력이 좋은 학생은 많이 보지 못했다.

이런 연유로 자만한 나는 교내 내신시험점수가 잘 나오는 것만 믿고, 수학을 좋아했음에도 불구하고 수학공부에 열을 올리지 않았다. 나 정도면 더 이상 공부할 게 없다고 생각했기 때문이다. 그러나 그것은 나의 오산이었다.

전국에서 공부 좀 한다는 학생들이 모이는 자립형 사립고인 현대청운고등학교에 들어와서 처음 친 중간고사 수학점수는 나에게 굉장한 충격을 주었다. 나눗셈 이후로는 단 한 번도 받아 본 적이 없는 놀라운 점수였다.

그러나 중요한 건 점수가 아니었다. 나는 이렇게 낮은 점수를 받았지만 다른 학생들은 달랐다. 평균은 60~70대였고 100점을 맞은 학생들도 더러 있었다. 난 평균점수보다도 아래였고 기준 점수 미달로 수학 향상반에 강제로 들어가게 되었다.

난 내가 이렇게 수학을 못하는 줄 미처 몰랐다. 그동안 난 '우물 안 개구리'였던 것이다. 이 학교에 와서 새 시대, 넓은 세상이 열린 느낌이었다. 난 다른 아이들과의 격차를 좁히기 위해서 열심히 공부했다. 난 기본을 중요시하기 때문에 다른 아이들이 푸는 여러 가지 어려운 문제집보다는 교과서와 수학의 정석을 위주로 공부했다.

'무슨 문제집이 좋다더라.' 하는 다른 사람들의 말에도 흔들리지 않았다. 문제집은 교과서와 정석을 완벽하게 마스터한 다음에 봐도 늦지 않을 것이기 때문이다.

눈 뜨는 순간부터 눈 감는 순간까지 책을 손에서 놓지 않았다. 물론 하루 학습량의 80%는 가장 모자란 과목인 수학에 투자했다.

중학교 때 수학 잘하기로 학교 안에서 유명했던 나는 어느새 나의 실력이 떨어진다는 걸 인정하고 현실에 적응하고 있었다. 그래, 난 수학을 못했다.

진심을 담아 공부했지만 성과는 그리 빨리 나타나지 않았다. 1학년 1학기 기말고사와 2학기 중간고사 역시 굉장히 낮은 점수였다. 물론 모두 평균에 못 미치는 '향상이 필요한' 점수였다. 때때로 수학이고 뭐고 다 포기하고 싶었던 때도 있었지만 그럴 때는 하루 신나게 노는 것으로 노여움을 풀었다.

천성이 무언가를 배우고 시험을 봐 점수 매기는 걸 좋아해서 며칠 놀면 금방 또 다시 공부하고 싶어졌다. 그리고 2학기 기말고사 때 드디어 처음으로 수학 평균을 넘겼다. 중간고사 때 점수와 비교했을 때 아주 많이 오른 높은 점수였다. 특별히 이 시기에 공부를 열심히 해서 올랐다기보다는 그동안 해 왔던 노력의 보상을 받는 것 같았다.

한번 높은 점수를 받으니 그 뒤로 수학에 자신감이 붙어서 뭐든 할 수 있을 것 같았다. 기분이 좋았다.

2학년 때는 교내에서 수학, 과학 모의고사 성적 상위 30%를 선발해 수학, 과학 심화학습을 하는 통합 논술반에도 들어갔다. 수학 향상반에서 상급반까지, 바닥에서부터 꼭대기까지 모든 단계를 겪고 올라온 것이다. 나야말로 파란만장 굴곡 있는 수학 인생일 것이다.

사람을 욕하지 마라

나는 사람 욕하는 것을 좋아하지 않는다. 특히나 그 사람이 없는 자리라면 더더욱 그렇다.

그래서 누군가에 대해 험담을 하는 상황에선 그냥 입 다물고 있거나 변호하려 노력한다. 물론 그렇지 않았던 적도 있었음을 인정한다.

내 생각은 이거다. 세상에 나쁜 사람은 없다. 어떤 잘못을 저지르고 사이가 좋지 않은 사람이라도 분명 누군가에게는 착하고 좋은 사람, 소중한 사람이다.

뒷자리에서 비웃으며 비꼬아 넘길 대상이 아니란 말이다. 모두에게 친절하고 모두의 마음에 드는 사람은 없지 아니한가.

사람은 모두 제각각의 가치가 있고 우리는 이것을 결코 무시해서는 안 된다.

우리는 많이들 외모, 재산 등으로 사람을 평가하며 이것이 자신의 성에 차지 않는 사람은 쉽게 깔아뭉개고 만다. 그래도 이것은 그나마 나은 일이다.

많은 사람들이 이것은 잘못되었다는 것을 알고 있기 때문이다.

그러나 더 위험한 것은 "저 사람은 성격이 마음에 안 들어."라며 험한 말을 내뱉는 것이다.

모두들 성격을 욕하는 것은 그다지 큰 잘못이 아니라 생각하고 있다. 하지만 내 생각은 그렇지 않다.

사람들마다 서로 잘 맞는 성격의 사람들이 따로 있다. 그렇기 때문에 자신과는 상극인 사람도 있을 수 있다. 하지만 이것은 자신과 잘 맞지 않는 것일 뿐이지, 욕먹을 대상이 된다고는 생각하지 않는다.

사람은 누구나 단점이 있으며 여러 행동을 하는 가운데 실수도 있을 수 있다. 잘못을 할 수도 있다.

그러나 이것은 충분히 이해라는 미덕으로 감쌀 수 있는 것들이다. 그 사람이 그럴 수밖에 없었던 이유, 이런 성격이 형성된 배경, 현재 감정상태 등 좀 더 생각해 보면 모두들 너무나도 가련한 사람들이기에 거기다 대고 차마 뭐라 할 수가 없다.

사람은 모두가 가엾은 존재이다.

그러므로 우리는 서로를 감싸고 함께 살아가야지, 서로 배척해 가며 믹서의 칼날처럼 살아갈 이유가 없다.

정 자기와 맞지 않는 사람이 있다면 그냥 그 사이를 멀리 하면 되는 것이다.

싫은 사람은 만나지 마라. 단 욕하지도 마라.

또 하나 위험한 게 있다면 잘 모르는 사람에 대한 평가를 함부로 하는 것이다.

행동 하나 말 하나로 사람을 말하는 것은 지나치게 성급한 일이 아닌가 싶다.

실제로 행동거지 하나하나에 항상 큰 신경을 쓰는 사람은 거의 없다. 그 몸가짐들이 모여 사람을 이루는 것이긴 하지만 사람이라면 어쩌다 타인에게 실례를 범하기도 한다.

그러므로 이런 단편적인 모습으로 이 사람은 상냥한 사람이고 저 사람은 버릇없는 사람이라 쉽사리 얘기할 수 없다.

사람은 오래 보고 깊게 사귄 후에야 서로를 제대로 알 수 있다.

완벽한 사람은 없다. 누구에게나 모자라고 좋지 않은 부분이 있다.

하지만 그렇다고 해서 항상 서로를 욕하고 싸우며 살아갈 수는 없지 않은가.

남의 단점을 쉽게 파악하는 성숙한 사람이라면 어른스럽게 남을 이해할 줄도 알자.

입시, 시험 그리고 정의

　중학교도 고등학교도 입시철이다. 아니, 전기와 후기 입시 사이에서 시험을 맞이하고 있는 때이다. 이때가 되면 으레 사람들은 이렇게 말하곤 한다.

　'넌 학교도 붙었으니 다른 사람들을 위해 이번 시험은 대충 보는 게 어때?'

　하지만 과연 이게 옳은 일인가는 생각해 볼 만하다.

　우선 앞으로의 길이 결정되었다고 해서 시험을 대충 보고 넘기는 것은 참으로 공리주의적(功利主義的)인 행동이다.

　목적이 없다면 선이고 도덕이고 모두 버리는 사람인 것이다. 정의로운 사람이라면 응당 물리적이고 세속적인 이욕과 관계없이 언제나 성실한 모습을 보이며 이의(理義)를 지켜 가야 할 것이다.

　또 이런 일을 남을 위한 희생으로 보고 좋게 생각하는 사람들도 있는데, 그건 그 사람의 시야가 좁기 때문이라 생각한다.

　이런 식으로 부정하게 친구의 내신 성적을 올려 주는 것은 옳지 않다. 어째서 나의 친구, 우리 학교 학생만 생각하고 다른 학교 학생들, 모르는 사람들은 생각해 주지 않는가?

1%의 내신으로도 진학 학교가 달라질 수 있는 중요한 시점이다.

나의 친구를 위해 이미 붙은 내가 시험을 0점 맞는 것은 그 덕택에 내 친구가 좋은 학교에 진학할 수 있다는 것뿐만 아니라, 이러한 일로 좋은 학교에 간 내 친구 때문에 다른 학생 한 명은 억울하게 탈락되는 것 또한 의미한다.

과연 이것이 진정한 배려이고 희생인가?

아니다. 이것은 집단이기주의일 뿐이다. 나의 가족, 나의 지인들만 생각하는 이기주의인 것이다. 좀 더 공공을 생각할 줄 아는 사람이라면 정정당당한 결과를 내어 이로 인해 모든 것이 결정되도록 해야 할 것이다.

내 친구를 위해 아는 문제를 틀리는 것, 모두를 위해 정당하게 시험을 보는 것, 과연 둘 중 어느 것이 이기적인 것이고 어느 것이 공익을 위한 것인지 곰곰이 생각해 보라.

필자는 이기주의 예찬론자가 아니다. 그렇기 때문에 사람들에게 마지막 시험까지 최선을 다하라고 이야기하고 있는 것이다. 어느 것이 공공을 위한 일인지 제대로 판단하라.

개인적으로 필자는 매우 정의를 사랑한다.

한문과의 혈투에서 패배했기 때문에 판검사로의 길을 포기했고, 건강치 못한 신체 때문에 경찰의 꿈은 가질 수조차 없었다. 하지만 그렇다고 해서 내가 정의를 포기할쏘냐?

마음 같아선 데스노트라도 얻어 이상세계를 건설하고 싶지만 이것이 불가능하다는 것을 알고, 또 내가 꿈꾸는 이상세계는 범죄자를 처단한다고 해서 되는 것이 아니다.

모두가 성실하고 모두가 정의롭고 모두를 사랑하는 그런 아름다운 나라, 이상 속에서밖에 존재할 수 없는 곳, 그런 곳을 원한다.

나의 힘으로써는 도저히 이룩할 수 없는 꿈속의 국가이다.

이런 나는 지나친 이상주의자인 것일까?

아- 나는 그저 정의롭지 못한 이 사회와 사람들, 그럼에도 할 수 있는 게 없는 나의 무력함에 비탄할 뿐이다.

기러기는 북녘서 날아오는데

남북분단 이래로 서로 갈라져 살아온 60년.

그동안 입이 닳도록 불러댔던 동요 '우리의 소원은 통일'과는 다르게 아직까지 우리는 그 간절한 소원인 통일을 이루지 못하고 있다.

남과 북이 서로 적대시하며 싸우던 시기가 지나고 통일의 필요성을 느낀 후로 우리는 계속 통일을 외쳐 왔지만, 점진적으로 안정적인 통일을 이루겠다며 시간을 계속 흘려보내고 분단 1세대들도 그 흘러간 시간을 따라 나이를 먹어 이미 상당수가 통일을 보기 전에 돌아가셨다.

하지만 꿈에서도 북녘 땅에 두고 온 가족 생각이 나 잠을 설치는 분들과는 다르게 요즘 사람들은 통일의 당위성을 의심하며 '그냥 통일하지 않고 이대로 계속 있으면 안 되는가.' 하는 무사안일주의에 빠져 있다.

이는 통일 후 일어날 남쪽과 북쪽 사람들의 이질감과 갈등, 경제적 문제에 관한 걱정 때문이리라 생각한다.

물론 걱정한다는 것 자체가 잘못된 것은 아니지만 한민

족이라는 이름하에 남과 북이 하나로 뭉친다면 크게 문제
삼을 일도 아닐 것이다.

문화적 차이로 인한 갈등은 서로 간의 배려와 이해로 충
분히 해결될 수 있는 문제이고, 사람들이 심려하는 경제적
위기도 그저 단기적인 것에 불과하다.

당장 느낄 약간의 불편을 이유로 우리 민족의 대과제인
통일을 원치 않는 사람들이 늘어 가는 지금 우리에게 가장
필요한 것은 민족의식 함양과 통일의식 고취이다.

통일은 반드시 해야 한다.

우리 민족의 무엇보다도 가장 우선시되어야 하는 과제이
다. 그렇다고 무작정 이유 없이 해야 한다는 것은 아니다.
통일은 분명 우리에게 필요하고 시급한 것이다.

역사와 민족을 위해서 통일은 반드시 해야 한다.

반만년 이어져 내려온 우리 역사에 남북분단이라는 오점
은 점점 길어져 가고 있다. 빨리 마무리를 짓지 않으면 영
원히 통일을 하지 못하게 될지도 모른다.

후손들에게 이런 부끄러운 역사를 물려주고 싶은가?

계속 역사를 같이해 온 한민족이다. 언어도 문화도 하나
이다. 심정적으로도 공식적으로도 당연히 하나여야 된다고
생각하지 않는가?

언제까지 이렇게 갈라져 있으면서 보고 싶은 사람 보지 못하
고 가고 싶은 곳에 가지 못하며 국방비만 축내고 있을 것인가?

휴전 중인 터라 외국처럼 자유롭게 드나들지도 못하는 상황이다.

이산가족들은 하루 빨리 서로 다시 만나 같이 살기를 빌고 있는데 이렇게 능장을 부리며 '해야 한다, 꼭 해야 하냐.'며 싸우다니 정말 어처구니없는 일이 아닐 수 없다.

또 이렇게 둘로 나뉘어 있는 것보단 하나로 합치는 게 국력에 더 도움이 될 것이다.

각각의 나라로 있는 것보단 힘을 합치는 게 세계 영향력을 키우는 데 훨씬 더 좋을 것이다. 유럽 국가들도 European Union이라는 이름으로 연합하여 힘을 더 강하게 만들고 있는 때이다. 우리도 어서 하나가 되어 더 큰 힘을 가져야 한다.

그리고 지금처럼 언제 전쟁이 일어날지 모르는 휴전 상황을 계속 이어 가는 것은 아무것에도 좋은 점이 없다.

돈은 돈대로 나가고 사람들은 불안해한다. 뭐 실제로 지금 전쟁이 일어날까 봐 두려워하는 사람이 몇 명이나 있겠냐마는 지금도 휴전선에서는 매일 군인들이 밤새 무장한 채 서로에게 총을 겨누고 있다.

우리나라는 아직 안전지대가 아닌 것이다. 이대로 언제 총알이 발사될지 모르는 불안한 상태를 지속하며 계속 사람 낭비 돈 낭비를 할 이유는 없다.

통일을 하여 군사적 긴장을 풀어 군인의 수를 줄인다면 젊은 남성 인력을 사회에 더 공급하여 학문적, 경제적 이득을 얻을 수 있을 것이다.

어서 통일을 하여 쓸데없이 나가는 국방비와 전선으로 나가는 군인의 수를 줄이고 나라의 안정을 되찾아 외국 자본의 투자유치에 더 신경 써야 한다.

휴전이라는 위험한 특수상황이 사라진다면 우리나라에 투자하겠다는 투자자들이 늘어날 것이고, 이는 곧 우리나라의 발전을 불러올 것이다. 평화와 경제성장, 모두 통일을 통해 얻을 수 있다.

이렇게 우리에게 필요한 것이 통일이다.

통일을 반드시 해야 한다는 것에는 더 이상 의심의 여지가 없다. '우리는 하나'라는 것만으로도 통일은 정당한 당위성을 갖는다.

지금 당장 통일을 하기는 어려울 것이다. 그렇게 쉬운 일이었다면 우리는 벌써 통일을 하고도 남았을 것이다.

그러나 힘들다고 가만히 있을 수는 없다. 원하는 것이 있다면 그것을 얻기 위해 노력하는 것이 당연한 일이다.

우리는 좀 더 적극적인 자세로 북한 경제를 끌어올려 남북의 경제수준을 비슷하게 맞추고 아이들에게 올바른 애국정신을 가르치며 국민들의 통일 의식을 고취시켜 오랜 세월의 염원이 담긴 통일의 진행을 더 서둘러야 하겠다.

북녘서 날아오는 기러기를 보며 그러지 못하는 우리의 처지에 가슴이 아파 온다.

동북공정

최근 동북공정이 큰 문제로 대두되고 있다.

이에 대해 왈가왈부하기 전에 우선 동북공정이 무엇인지부터 알아보자.

동북공정이란 '고구려 영토의 일부분이 현재 중국에 속해 있으므로, 고구려는 한국의 역사가 아니라 중국의 역사이다.'라며 중국이 억지주장을 펴고 있는 것이다.

그들은 고구려가 다민족 국가인 중국의 한 민족이었다고 말하고 있다.

하지만 우리는 알지 않은가. 고구려는 고조선의 후예이며 고려, 넓게 보아 조선까지의 선조 격 국가라는 사실을.

우리가 이렇게 역사에서 관심을 끊고 있는 동안 중국은 이미 동북공정 프로젝트까지 만들어 역사에 대한 재조사를 명분으로 우리의 땅을 삼켜 버리려는 생각을 하고 있었던 것이다.

그들의 목적은 간도를 비롯한 영토문제의 해결과 만일에 통일한국이 되었을 경우 그 힘과 중국 내 조선족들의 혼란을 약화시키려는 이유, 북한정권의 붕괴 시 북한 획득 등 다목적이다.

우리도 이렇게 어이없이 손 놓고 보고만 있을 수는 없다. 냄비근성은 버리고 국민들 모두가 우리 역사에 관심을 보이며 지키려는 노력이 필요하다.

또한 우리나라 사학자들의 적극적인 연구와 이 문제에 관한 대대적인 홍보가 필요하고, 많은 사람들에게 바른 인식과 문제의 심각성을 일깨워 줘야 한다.

논리적이고 적절한 증거를 대며 중국의 정치적 목적이 다분한 이 어이없는 연구를 멈추게 하거나 그 목적과 연구 대상을 변경하게 해야 한다.

일상에서 느껴지는 시장경제체제의 장점

날씨가 더워짐에 따라 동네 슈퍼마켓에서 아이스크림을 샀다.

옆 가게와 경쟁을 하느라 서로 아이스크림을 할인하여 싸게 팔고 친절하게 인사해 준다.

너무 치열한 경쟁으로 가게 혹은 기업끼리 서로 제 살 깎아 먹기를 해 버리는 것은 안 되겠지만 적당한 경쟁은 소비자에게 더 좋은 서비스와 재화를 공급해 준다.

자유경쟁을 인정하는 이런 시장경제체제에서는 기업들이 서로 더 많은 이윤을 남기기 위해 소비자의 마음을 붙잡을 수 있도록 노력한다.

이것은 곧 물건의 질을 높이고 서비스의 업그레이드를 불러오게 된다.

고로 경쟁은 물건을 만드는 기술을 더 발전시키게 하며 소비자에게 좀 더 좋은 기업을 만든다.

이는 궁극적으로 국민의 생활수준 향상을 불러온다.

만약 시장경제제가 아니라 계획경제였다면 아이스크림의

가격은 딱 얼마다 하고 정해져 있을 것이고 판매자들도 경쟁을 하지 못해 경제 분위기가 생기를 띠지 않고 확 가라앉아 경제발전이 저하될 것이다.

시장경제체제 안에서 우리는 필요할 때 필요한 만큼의 물건을 살 수 있고 생산하고 싶은 만큼의 물건을 생산할 수 있다.

옷이 필요하면 옷을 살 수 있고 쌀이 필요하면 언제든지 가게에 가서 쌀을 사는 게 가능하다.

또 배를 심어 팔고 싶건 사과를 심어 팔고 싶건 자기 마음대로 판매를 할 물건과 수량을 정할 수 있다.

이것은 매우 편리하고 효율적인 것이다.

모자랄 일도 없고 남아 버릴 일도 생기지 않는다.

우리가 지금 시장경제체제이기에 이게 가장 편하고 좋은 제도라고 생각할 수도 있다.

하지만 세계적인 추세가 점점 자본사회, 시장경제체제 쪽으로 바뀌고 있는 추세인 것을 봐서 나의 생각이 크게 틀린 것 같지는 않다.

논란 속의 FTA

요즘 세간에서 가장 논란이 되고 있는 점은 단연 FTA(자유무역협정)일 것이다.

뉴스에서도 신문에서도 길거리에서도 심지어 중학교 교실에서도 여러 가지 말이 많다. 아마 장마피해를 제외하고는 정말 요즘 가장 말 많은 문제가 아닐까 싶다.

FTA 그것은 무엇인가.

국가 대 국가로 자유무협협정을 체결해 관세를 내리고 자유롭게 시장에서 양국의 기업과 상품들이 경쟁하게 되는 것을 말한다.

일부 영역으로밖에 제한되어 있는 현재의 한미 수출입 사정을 좀 더 넓은 부문으로 넓혀 경쟁 속 발전을 이루자는 것이다.

그러나 국내 상황을 살펴보자면 이를 곱게 보는 시선은 그리 많지 않다. 지식을 갖춘 이들의 똑바른 판단인 건지 언론플레이에 밀려가는 몽매한 국민들의 뭉침인 건지는 모르겠지만 어쨌든 국민들의 대세는 반대편이다.

촛불시위다 뭐다 해서 빗속에서도 많은 이들이 '협상을 하려면 내 목을 잘라라' 식으로 소리치고 있다.

이것은 왜일까?

정부는 무언가에 쫓기듯이 체결하는 데 바쁘고 거리에서는 절대 안 된다며 시위를 하는 그 양편 사이의 갈등이 일어나는 이유는 무엇일까?

현 한미 FTA 조약 약정을 보면 농산물, 의료, 교육, 기타 서비스 등 거의 전 분야에 걸쳐 완전개방과 가까운 일을 벌이려 하고 있다.

이것은 경쟁을 부추겨 좀 더 좋은 품질의 상품을 만들고 살아남는 이는 살아남고 사라지는 이는 사라지는 냉혹한 시장원리를 철저하게 따를 것이라는 데서 나의 눈길을 끌고 있지만 이와 동시에 우리나라에는 상당히 위험한 일이 아닐 수 없다. 몇몇 분야에서 우리나라가 좀 이끌고 있기는 하지만 전체적인 면을 봤을 때 우리나라는 강한 경쟁력을 기초로 쌓은 선진국은 아니다.

이런 상황에서 미국과 FTA를 체결한다면 그 경쟁 속에서 국내 중소기업, 농산물들은 도저히 살아남을 가능성이 보이지 않는다.

대기업 한둘뿐이 겨우 목숨을 지탱할 뿐이다. 이런 한쪽으로 이익이 치우칠 경제협약은 한국을 멕시코처럼 힘들게 만들 뿐이다.

그렇다고 내가 FTA 반대 측인가? 그것도 아니다.

대다수의 사람들이 생각하듯 부분적인 협약을 바라고 있다. 계속해서 막기만 한다면 그것이야말로 흥선 대원군의 쇄국정책과 다를 게 뭐가 있을까. 우리도 자유경쟁시장에서 승산이 있을 만큼 경쟁력 있는 거대 전문기업을 더 만들어야 한다.

스타벅스같이 말이다.

타고난 자원이 없어 외화로 먹고살아야 하는 우리나라는 더더욱 이런 경쟁력 키우기가 중요시되어야 한다.

국내에서만 서로 먹고사는 것은 더 이상 통하지 않는다. 날로 국가 간 벽이 허물어져 가는 세계화 속에서 우리만 꽁꽁 문 닫고 있을 수는 없지 않은가.

일제 강점도 그러다 일어난 사건이다.

충분히 우리가 힘을 키워 이길 수 있는 그날이 올 때까지 우리는 최대한 FTA를 미뤄야 하며 그전까지는 조약들을 세세히 검토해서 국민 모두의 큰 생계 위협이 되지 않는 것들만 일부 체결하는 지혜를 짜내야 하겠다.

자존심으로 미국을 거부하는 북한이 되지는 말자. 언제나 말하지만 중요한 것은 '적당히, 적절히'이다.

'참여'의 의미

　요즈음 우리 반은 체육 시간이 되면 바쁘다. 8~10명으로 이루어진 조별로 대나무를 이용한 창작 전통무용을 하고 있기 때문이다.

　한 명이라도 실수를 하면 모두의 점수가 깎이는 것인 만큼 조원들 간의 단결력과 참여도가 중요하다.

　그러나 언제나 조별 활동이 그렇듯이 대부분의 조들은 몇 명의 일방적인 결정과 의욕이 별로 없는 몇 명의 참여 주체적이지 못한 태도로 인해 좀 더 좋은 결과를 얻을 수 있는 기회를 놓치며 한쪽에 의해 느리게 진행되고 아이들은 서로에게 많은 불만과 불평만이 생기게 된다. 그렇게 되면 아무도 만족스러운 결과를 얻지 못할 것이다.

　무릇 단체 활동, 공동체 문제 등은 모든 구성원의 민주적인 참여로 이루어져야 한다.

　이것이 잘 지켜지지 않는다면 전체의 방향은 자신이 원하는 것과는 다르게 갈 수도 있다.

　그럼 분명 정당하지 않은 불이익을 받는 사람이 생기고

사람들끼리의 이질감과 불만의 원인이 된다.

그렇다면 참여란 어떻게 해야 하는 것일까?

무엇인가 일이 생겼을 때 우리는 다 같이 모여서 회의를 한다.

굳이 형식적인 절차를 거치지 않더라 하더라도 어떻게든 모두의 의견을 모으는 일을 할 것이다.

이에 모두가 평등하고 민주적이며 주체적인 태도로 적극적으로 나서서 본인의 생각을 다른 사람들한테 설득력 있게 알려야 한다.

전체의 결론을 좀 더 자기 자신으로 하여금 인정할 수 있도록 대화의 주체가 되어 적극적인 자세를 보여야 한다.

이런 게 하나하나 모여 모두에 의한 민주적인 해결이 이루어지는 것이다.

민주주의가 가장 이상향적인 원리로 손꼽히고 있는 현대 사회에선 이것이 가장 최선의 방법이 되겠다.

참여란, 자신의 의견을 사회에 표출하여 그 의견들이 모아져 시민들에 의해 사회가 운영되도록 하는 것이다.

사회라는 개념을 더 크게 보거나 작게 봐도 크게 상관은 없다.

중요한 건 참여할 생각도 없이 타인에 의해 결정되기를 기다리며 본인이 원하는 방향이 아니라고 불평만 하는 소극적이고 답답한 모습을 보이지 않는 것이다.

현대사회에선 적극성이 무엇보다도 중요하게 작용한다.

나는 우리 모두가 적극적이고 민주적인 사람, 리더형 인간이 되었으면 한다.

누구나 중심이 되어 자신의 견해를 밝히고 주목받으며 일의 진행이 민주적으로 이루어지는 사회야말로 진정한 민주주의 사회라 말할 수 있을 것이다.

과소비의 사례와 그 영향

　나는 작년 가을 친구들과 놀러 가서 내가 가지고 있는 돈보다 더 많은 돈을 썼다. 친구들에게 빌려 쓴 것이다. 뭐 필요한 것을 산 것도 아니었고 그냥 놀고 먹는 유흥비로 썼다.

　당시 집 사정이 그렇게 막 써도 될 만큼 좋은 것도 아니었는데 어쩌다 보니 분위기에 휩쓸려 기분에 따라 용돈도 적은 주제에 주머니 사정을 초과해서 써 버렸다.

　결국 부모님께 혼나고 그 때문에 그 뒤로 한동안 돈을 제대로 타 쓰질 못했다.

　그때 빌린 돈을 갚느라 꽤나 고생했었는데…….

　역시 분에 넘치는 소비는 고생을 불러온다.

　과소비는 계획적인 경제활동을 하지 못하게 해 돈을 필요한 만큼보다 더 많이 쓰게 한다.

　이렇게 과소비하는 것은 개인의 경제 파산을 불러오고 신용을 무너뜨릴 수 있다. 과소비를 한다 하면 으레 타인 혹은 카드회사 등의 기업에 빚을 지기 마련이다.

　이를 제대로 갚을 능력이 되지 못하면 신용불량자가 되

거나 다른 사람들에게 피해를 주고 그 뒤로 제대로 된 원활한 사회활동이 힘들다.

고로 정상적인 생활을 위해선 과소비하지 않는 것도 중요하다(물론 조금 비약이긴 하다).

또 과소비는 순간 경제 활성화에 기여하는 것처럼 보일 수도 있으나 좀 더 길게 지켜보면 경제 순환이 어느 정도 가다가 탁 막힐 수 있으며, 바른 소비문화 정착에 절대적으로 방해되는 요소로서 정직하고 정당하지 못한 경제문화를 유행시켜 경제발전의 저해와 신용불량자의 급증, 또 이것이 원인이 되어 범죄행위가 늘어나는 등의 커다란 사회문제를 초래할 수 있다.

또 과소비를 하다 보면 외제품을 많이 사게 되는 경향이 있는데 이로 인해 외화 유출과 국가경쟁력의 약화까지 우리는 우려할 수 있다.

과소비란 작게는 당장 본인의 지갑 문제 크게는 사회 경제의 몰락까지 불러올 수 있는 큰 문제다. 그러니 모두 과소비와 사치는 하지 말아야 하겠다.

여고생성추행 UCC 동영상에 관한 생각

요즘 여고생성추행 UCC 동영상에 관한 말들이 많다.

하지만 사실 이 동영상은 설정과 연기로 연출된 가짜였으며, 이 사실이 밝혀지기 전에는 '왜 내려가 도와주지 않고 찍고만 있느냐', '정말 저 상황이 되면 무서워서 도와주기 힘들다', '이런 것까지 꼭 찍어 올렸어야 했는가' 등의 논쟁이 많았고, 밝혀진 후에는 '국민을 상대로 사기를 친 것이냐', '개념이 없다'는 식의 비난을 받고 있다.

하지만 정말 이 동영상이 그렇게 막무가내식 욕을 먹어야 할 짓이었는지는 다시 한번 생각해 봐야겠다.

우리는 정말 이 동영상 사건을 '고교생들이 저지른 어이없는 장난'으로만 평가해야 할까?

제작자와 대화를 나눠 본 적이 없어 원래 제작의도에 대해선 아는 바가 없지만 난 이 소동을 좀 더 깊이 있게 해석해야 한다고 생각한다.

벌써 많은 사람들이 이렇게 말하고 있다.

'UCC의 위험성을 날카롭게 찍어 낸 작품이 아니냐'

나는 이에 백번 동의한다.

이것은 '지하철 결혼식'과는 다른 이야기이다(물론 이 지하철 결혼식 소동은 그래도 그 내용이 훈훈한 이야기였기 때문에 비교 자체가 힘들기도 하다).

지하철 결혼식 사건은 연기 연습 겸 사람들에게 따뜻한 마음을 느끼게 해 줄 의도로 벌인 것이었다. 진짜였든 진짜가 아니었든 당시 이 결혼식을 본 사람들은 가슴 속에서 뭉클함을 느꼈을 것이다. 어쩌다 일이 크게 되어 오히려 실망을 주기도 했지만 말이다.

이에 반해 여고생성추행 동영상은 남학생들이 분장까지 해 가며 다루기 힘든 소재를 이용해 힘들게 찍은 뒤 고의적으로 인터넷에 올린 것이다.

이것은 사람들 사이에서 크게 화젯거리가 되어 UCC의 위험성을 알리는 효과를 극대화하기 위함이었다고 볼 수 있다.

이 동영상 사건(진실공론을 포함한)은 영화, CF와 견주어 볼 만한 의미 있는 작품이었다.

요즈음에는 UCC 동영상을 통해 누구든지 감독과 배우가 될 수 있다.

하지만 아직까지 일반인들은 이 동영상 제작물에 관한 사회적 책임감과 진짜와 가짜를 구분하는 판단력, 융통성이 부족하다.

이는 비단 동영상 분야에 한정된 이야기가 아니라 UCC

전체를 향한 일격이다.

분명 이 사람들은 이것을 말하고 싶었을 것이다.

필자가 이번 일을 통해 느낀 점이 많기 때문에 꽤나 옹호하는 입장이다.

그렇지만 좋은 소리 많이 했으니 쓴 소리도 좀 하자.

이 동영상은 그 내용이 마치 진실인 양 올라와 있어(글도 함께 쓰여 있었다고 한다.) 보는 국민들로 하여금 혼란을 불러일으켰다.

정보에 늦은 사람들은 그 제대로 된 의미조차 알지 못한 채 '세상 말세야'만을 외치고 있을지도 모를 일이다.

오히려 영상 마지막 부분에 '이 영상은 연출된 것입니다.' 이런 자막 하나라도 크게 강조해 넣었더라면 이단으로 사람들에게 충격을 주기 위한 수고도 덜고, 좀 더 짧은 시간 안에 사람들에게 놀라움과 경각심을 심어 주지 않았을까 싶다. 굉장히 아쉬운 부분이다.

그래도 난 이번 일을 깜찍하게 국민을 농락한 블랙코미디로 보고 싶다.

다수결의 원칙과 소수의견 존중하기,
그 사이에서

그동안 논란과 갈등을 거듭했던 대규모 국가사업인 '새만금 간척사업'이 얼마 전 대법원 판결에 의해 다시 시작되었다.

경제성 결여와 환경파괴 가능성을 걸고 환경단체 등에서 건 소송이 기각된 것이다. 대법관 다수의 의견에 의해 이런 판결이 나긴 했지만 다른 의견을 낸 소수 대법관도 있었다. 그들은 자연환경의 가치가 개발에 따른 가치보다 우선적으로 보호되어야 한다고 외쳤다.

결국 이 소송은 하던 공사를 계속하는 쪽으로 마무리되었으나 환경에 관한 문제도 무시할 만한 것이 못 돼 서두르지 않고 최대한 천천히, 수질개선 특별대책까지 마련하면서 환경을 보호해 가며 진행하겠다는 정부의 발표가 있었다.

또 갯벌 문제에 관해서는 갯벌의 변화를 눈여겨보고 환경단체들이 수질감시 등의 활동에 동참해 줬으면 한다는 얘기도 있었다.

다수의 의견인 사업 진행과 소수의 의견인 사업 중지. 전체적인 방향은 다수 쪽으로 기울었으나 소수의 의견도 분명히 귀 기울여야 할 중요한 포인트이므로 이들의 주장이었던 '환경 보호'에도 확실히 신경 써야 하겠다.

내 생각도 그렇다. 이미 많은 투자를 해 버린 현재의 상황에서 환경오염 우려라는 막연한 걱정으로 인해 진행되던 사업을 멈출 순 없다.

물론 환경이 중요하지 않다는 것은 아니다. 하지만 환경문제에 관해 많이 신경 써 가면서 오염을 최대한 줄일 수 있는 제대로 된 대책과 함께라면 계속 일을 진행시켜도 큰 문제는 일어나지 않을 것이다. 서로 간 협력과 이상적인 대안책이 있다면 개발과 환경, 두 마리 토끼를 잡는 일은 가능하다.

우리 사회에는 다양한 입장과 의견들이 존재한다. 이들은 서로 비슷하기도, 대립하기도 한다.

또 다수의 의견과 소수의 의견으로 갈라져 어느 하나를 선택할 수밖에 없는 상황이 오기도 한다.

다수결의 원칙에 따라 많은 사람들이 지지하는 방안을 선택하는 것이 당연하긴 하지만 소수 사람들의 의견도 존중하고 어느 정도 받아들여 적절한 합의점을 모색하는 것이 중요하다.

다수의 의견이 언제나 옳은 방향이 아닐 수도 있으며, 옳고 그름을 판단할 문제가 아니라 하더라도 소수의 의견을 무조건 무시한다면 그들의 인권을 침해하고 불평을 불러올 소지가 있기 때문이다.

　모든 인간의 인권 보장과 평등을 추구하는 민주적인 사회라면 반드시 '다수결의 원칙'과 '소수 의견 존중하기'를 실천해야 할 것이다.

투기와 매점매석

　본격적인 내용에 들어가기에 앞서 투기와 매점매석의 정의부터 알아보도록 하자. 투기란 시가 변동에 따른 차익을 노려서 하는 매매 거래이고 매점매석은 값이 오르거나 공급량이 부족할 것을 예상하여 어떤 상품을 한꺼번에 많이 사 두고 되도록 팔지 않으려 하는 일이다. 둘 다 공정한 자원의 분배와 거래를 해치는 행위로서 요즘까지도 여러 문제가 되고 있는 것들이다.

　'자기 재산 가지고 돈 더 벌겠다는데 무엇이 문제냐.'라고 말할 수도 있겠지만, 그렇다면 돈 많은 사람이 자원의 대부분(아니 전부라고 해야 할까)을 소유하게 되고 가난한 사람들은 이를 비싼 값을 물고 임대해 사용할 수밖에 없어 빈부격차의 심각한 심화를 불러오게 된다. 그래서 우리나라는 한 사람이 너무 많은 자산을 소유하지 못하도록 소득세, 종합부동산세 등이 누진세율을 적용해 걷어지고 있다.

　또 지나친 부동산 투기를 막기 위해 정부는 전부터 끊임없이 부동산 투기 억제 정책을 펴고 있다.

투기는 필요 이상의 값이 오를 것 같은 물건, 주로 부동산을 미리 많이 사 두고 나중에 시가가 오르면 비싸게 파는 것을 말한다.

일을 해서 돈을 벌어야지 이렇게 가진 돈을 이용해 더 많은 돈을 버니까 '돈이 돈을 번다.'는 말이 나오는 것이다.

그게 과연 옳은 일일까? 어떤 사람은 하루 종일 일해서 1만 원을 받는데 어떤 사람은 전혀 일을 하지 않아도 가지고 있는 땅과 집이 돈을 벌어 주다니 너무 억울한 일이지 않은가.

이것은 은행 예금 이자와도 관련 있는 말이다. 소득은 일을 통해서 얻어져야 하는 것이다. 있는 재산으로 재산을 불리는 불평등한 사회가 오늘날의 사회라면 우리는 어서 그것을 바로 고칠 수 있는 대안책을 내야 하겠다.

너무 강경책일 수는 있겠지만 한 가정당 집을 몇 채 이상 소유할 수 없다거나 정부가 개입된 재개발에 의해 얻어지는 이익은 정부에서 거둬 간다거나 하는 등의 말이다.

어째 땅 사기가 로또 복권처럼 변해 가는 것 같다. 대박 하나 제대로 터지면 팔자 고친다는 생각을 갖고 구매한다는 말이다.

매점매석은 우리나라 고전 '허생전'에도 나오는 일이다.

이 책에서 주인공 허생은 돈을 빌려 안성 내에 있는 과일을 모조리 다 사들인다. 그리고 그가 그 과일들을 전부

사 버리자 과일이 필요해진 사람들은 어쩔 수 없이 그에게
서 원래 과일 값보다 훨씬 더 비싼 값을 주고 사게 된다.
이것이 바로 매점매석이다.

어떤 사람들은 허생을 보고 봉이 김선달처럼 머리와 요
령이 좋아 돈을 벌었다고 말하기도 하지만 이것은 명백히
잘못된 것이다.

바람직한 경제활동을 방해하는 행위인 것이다. 다른 사람
들에게 폐를 끼치고 옳지 못한 방법으로 돈을 버는 매점매
석은 좋지 않은 행동이다. 현행법으로는 매점매석이 금지되
어 있다.

모두 투기나 매점매석 같은 일은 하지 말고 옳은 방법으
로 바르게 살면서 정당하게 돈을 벌어야 하겠다.

변동하는 사회와
이로 인해 생겨나는 문제점

　　세상은 움직인다. 항상 새로운 것을 찾아내고 변한다. 부동의 사회란 상상할 수 없다. 지금까지 우리 인류는 농경사회에서 산업사회로 또 정보화 사회로 사람들의 생활양식과 가치관을 완전히 바꿔 놓은 커다란 변화가 몇 차례 있었다.

　　이것들은 좀 더 사람들의 삶을 편리하게 만들어 인류 발전에 큰 공헌을 했지만 좋은 결과만을 낳은 것은 아니다.

　　동전도 양면이 있다고 모든 일에는 양면성이 있듯이 이러한 사회변동 과정에서도 여러 사회문제가 발생해 때때로 우리를 곤란에 빠뜨리고 커다란 문제를 불러오기도 했다.

　　이런 연유로 생겨난 사회문제로 기존세대의 새로운 사회로의 부적응, 세대 간 갈등 등이 있다.

　　매우 빠른 속도로 나날이 달라져 가는 사회변화 속도를 따라잡지 못한 기존세대들이 신문화에 뒤처져 새로운 사회에 적응하지 못하게 되고 사회적인 소외감을 느끼게 된다.

　　모든 계층이 조화롭게 살아가야 할 사회가 이런 이유로 일부 젊은 세대들에 의해서만 이끌어져 가는 것은 옳지 않다.

다양한 사람들, 특히 경험과 지식이 많은 기존세대들과 함께 사회의 중심에 서야 바른길로 이끌기가 쉽기 때문이다.

또 이렇게 새로운 변화의 적응과 수용 정도에 격차가 생기면 세대 간 갈등이 생기기 마련이다. 새로운 문물의 사용과 가치관의 변화에 따라 이런 갈등은 피할 수 없는 일이 되어 버린다.

그렇다면 어떻게 하면 이런 문제를 줄일 수 있을까?

우선 국가 차원에서 기존세대에게 새로운 사회와 변동, 기기에 관한 충분한 교육을 제공해야 할 것이다.

물론 신세대에게 기존사회가 갖고 있었던 가치관, 역사를 가르치는 것도 매우 중요하다.

또 일부 사람들에 의해 사회가 진행되지 않도록 평등한 사회를 이룩해야 한다.

나와 다른 생각을 가진 사람을 배려하고 관용할 줄 아는 미덕을 널리 퍼뜨리는 것도 필요하겠다.

이렇게 서로에 대한 충분한 지식과 이해가 동반된다면 어떤 상황이 오더라도 우리는 좋은 결과를 얻어낼 수 있을 것이다.

과도한 사익 추구에 관해서

사회를 살면서 사익을 추구하는 것은 당연한 일이다. 당연하게 누구나 자신의 이익을 추구하고 있다.

그러나 그 사익 추구 중에서도 정당한 것과 그렇지 못한, 과도한 것이 있다.

우리가 보통 법을 어기지 않는 한도 내에서 세금을 적게 내려는 것, 물건을 싸게 사려는 것, 일한 만큼 돈을 받고 쓴 만큼 돈을 내려는 것들이 정당한 사익 추구에 들어간다고 보면 된다.

이것은 누구에게나 주어진 권리이며 대부분의 보통의 사람들은 이렇게 살아간다.

하지만 그렇지 못한 경우가 있다. 정당한 것이 아니라 과도하고 불법적이며 비도덕적인 것들 말이다.

좀 더 많은 이윤을 내기 위해 위생적이고 양질인 재료를 쓰지 않고 음식을 만드는 식당 혹은 제조업자, 여럿이 담합하여 정당한 선을 넘을 정도로 과도하게 돈을 요구해 부당 이익을 챙기는 판매자, 자신의 돈을 아끼기 위해 공공기물을 제 것 쓰듯이 막 써대거나 가져가는 사람들, 세금 내는 돈이 아까워 자산과 소득을 속여 세금을 덜 내는 사람들이 그런 경우의 예이다.

이런 것들은 정당한 이익 추구라는 말로 보호가 되지 않는다.

우선 법을 어겼으며 남에게 피해를 주는 행동을 했기 때문이다. 이것은 당연히 매우 나쁜 것이다.

모두가 함께 사는 사회에서 지나치게 자신의 이익만을 추구한다면 이기적이고 살기 힘든 세상이 될 것이다.

따뜻하고 마음 편히 살 수 있는 세상에서 살고 싶지 않은가?

다른 사람에게 피해까지 입히면서 자신의 이익을 늘린다면 과연 그것은 정당하고 행복한 것일까?

이런 문제에서 행복론까지 들먹인다면 웃기겠지만 '모든 것은 행복을 궁극적인 목적으로 둔다.'는 나의 신조로 인해 진정으로 행복해질 수 없는 이런 일들은 하면 안 되는 것이다.

지나침과 적당함의 구분이 상당히 모호하여 많은 사람들이 헷갈려 하고 있다.

나도 평소 여러 부분에서 '적당히'의 미학을 제대로 실천하지 못하고 있다. 하지만 뭐든지 '적당히'가 중요한 것이다.

앞으로 열심히 노력하여 이런 부분에 있어서만큼이라도 '적당히' 해야겠다.

개고기 반대론 비판

안녕하세요? 윤새롬입니다. 저는 오늘 개고기의 식용을 반대하는 사람들에 관한 비판을 해 보고자 합니다.

개고기 반대론자들은 이렇게 말합니다.

"개는 인류와 너무나도 친숙한 동물이다. 또한 사람을 잘 따르고 애완동물로 가족같이 기르는 사람들이 많기 때문에 개고기를 먹으면 안 된다."

하지만 친숙함, 애완동물이라는 키워드는 지나치게 주관적입니다.

"저는 무를 제 가족처럼 키우고 있어요. 그런 소중한 무를 소금에 절여 먹다니 당신들 모두 야만인이군요!" 정도로 쉽게 반박할 수 있다 생각합니다.

다른 고기는 먹으면서 유독 개고기만을 반대한다는 것은 정말 어처구니없는 행동이며, 설령 채식주의자라 하더라도 남까지 그것을 강요할 수는 없는 일입니다.

태초부터 동물들은 서로를 먹고 먹히며 살아왔고, 이로써 종족의 발전과 생태계의 조화를 이어 올 수 있었습니다.

따라서 육식을 결코 나쁘다고 판단할 수 없습니다.

또 식용 개의 사육과 도살의 잔혹성에 관한 이야기를 하시는 분도 계신데, 그것은 사육 환경과 도살 방법의 개선을 바라는 이유가 될 뿐 먹는 것 자체를 반대하는 근거가 될 수는 없습니다.

본인이 개고기의 식용을 반대한다면 다른 사람에게까지 강요하지 말고 본인이 먹지 않는 걸로 끝내 주었으면 합니다. 권유까진 괜찮지만 그 이상은 곤란합니다.

지금도 지구 저편에서는

식사를 하다 보면 자연스럽게 생기는 게 음식물 쓰레기이다. 조금씩 생긴다 하더라도 며칠 모으면 한가득 쌓여 버리지 않을 수 없게 되어 버린다.

이렇게 배불러서 버리고 땅에 떨어져서 버리고 결국 쓰레기통에 들어가는 음식들이 아깝긴 하지만 먹다 보면 그럴 수도 있다는 생각에 사람들은 크게 신경 쓰지 않는다. 하지만 과연 이것은 올바른 생각일까?

우리나라에서 하루에 배출되는 음식물 쓰레기의 양은 대략 1만여 톤이다.

이것은 5톤 트럭 2,000대가 나르고도 남는 양이다.

인구도 적은 나라에서 하루에 이렇게 많은 음식물 쓰레기가 배출된다니 정말 놀라지 않을 수 없다. 그러나 더 놀라운 것은 우리가 이렇게 음식물을 낭비하는 사이에 이 지구에서는 하루 4만 명 이상이 굶주림과 영양실조로 죽어 간다는 사실이다. 이쯤 되면 다들 쓰레기를 버렸다는 것만으로도 죄책감을 느끼게 된다.

물론 이것은 죄가 맞다. 직접적이지는 않을지 몰라도 당장 먹을 음식이 없어 죽어 가는 사람들 옆에서 이렇게 많은 음식을 남기고 버리는 것은 분명 죄다.

그렇다면 죄가 없는 깨끗한 세계 시민이 되기 위해 우리가 해야 할 일은 무엇일까?

우선 안타깝게 낭비되는 음식 쓰레기를 줄여야 할 것이다.

어떤 사람들에게는 생명과 같을 수도 있는 밥 한 그릇을 어이없게 버리는 일은 일어나지 말아야 한다.

쓸모없이 버려지는 이런 음식들을 최대한 아끼고 활용하는 방법으로 몇몇을 짚어 보자면 먹을 만큼 음식을 만들고 편식을 하지 않는 등의 가정과 개개인의 노력과 실천이 필요한 것들이 있고, 식당에서 남은 반찬은 집으로 싸 가는 테이크아웃제도를 보편화하며 뷔페식 학교 급식제를 도입해 음식물 쓰레기 배출량이 어마어마한 식당과 학교의 실황을 바로잡을 수 있는 형식적이고 제도적인 개혁들이 필요하겠다.

세상을 바꾸기 위해서는 제도적 변화도 물론 중요하지만 사회를 구성하는 개개인의 생각의 변화가 필수 불가결하다.

이것은 자연이 우리에게 준 고마운 식량을 아끼는 부분에서도 역시 마찬가지일 것이다. 하지만 그 생각의 변화의 방향을 우리가 알지 못해서 이런 상황이 벌어지고 있는 것은 아니다. 단지 실천이 제대로 되지 않고 있을 뿐이다.

따라서 우리는 지금도 지구 저편에서는 밥을 먹지 못해 힘들어하는 사람들이 있다는 사실을 인지하며 음식과 생명의 연관성과 그 소중함을 알고 이를 아끼기 위해 노력해야 할 것이다.

봉사활동의 진정한 의미

날이 무척 더운 여름이다. 더위가 심해 길에는 학생들이 얼마 없지만 유독 우체국에만 가면 학생들이 눈에 띈다.

대부분 봉사활동을 하러 온 아이들이다. 학교에서 1년 18시간 봉사를 의무로 하고 있기 때문에 그나마 시간이 나는 여름방학을 이용해 학생들이 봉사를 하고 있다. 그런데 명색이 봉사활동인데 정작 학생들이 가는 곳은 우체국, 기껏해야 어린이집에 가서 청소나 하고 오는 수준이다.

과연 이것도 진정한 봉사라고 볼 수 있을까?

봉사란 무릇 마음에서 우러나는 봉사정신으로 행해져야 그 참된 가치가 발하는 것이다.

그러나 많은 사람들이 조금씩 봉사에 참여하는 풍토가 자리 잡지 못하고 소수에 의해서만 이루어지는 우리나라의 안타까운 현실 때문에 자원봉사자들의 손길을 필요로 하는 사람들에 비해 상대적으로 그들을 도와줄 봉사자가 턱없이 부족하다. 때문에 어쩔 수 없이 이를 보충하기 위해 도입된 것이 학생들의 봉사활동 의무화 제도이다.

일손을 충당하고 학생들에게 바른 봉사정신을 길러 준다는 의미에서 이것은 꽤나 괜찮은 제도일지도 모르나 실제로는 그 의의가 제대로 실현되지 못하고 있다.

나라 분위기 자체가 봉사를 선뜻 쉽게 하지 않고 그 가치를 제대로 인지하고 있지 않기 때문에 아이들도 일은 편하게 하면서 봉사시간은 잘 주는 곳을 찾아간 것이다. 그 대표적인 곳이 우체국이다.

진정한 봉사를 하려면 정말 우리의 손을 필요로 하는 곳인 양로원, 고아원, 장애인 수용시설 등에 가서 정말 봉사라고 불릴 만한 일을 하고 뜻깊은 보람을 느껴야 한다.

내신을 감점당하기 싫어서 억지로 겨우 의무시간을 채우고 편한 일만을 찾아다니는 그런 봉사정신으로 하는 봉사는 봉사가 아니다. 진정한 봉사활동은 자발적인 선행의지가 반드시 동반되어야 한다.

이렇게 입으로는 봉사의 의미에 대해 떠들고 있는 필자도 실제로는 생각하는 대로 행동하지 않고 다른 아이들과 마찬가지로 편한 일을 찾아 한다. 그러나 앞으로도 그럴 수는 없다.

자발성 없는 봉사는 봉사가 아닌 노동에 불과하다. 우리는 모두 자발적인 봉사정신과 선행의지를 가지고 한평생 남을 돕고 산다는 마음가짐으로 봉사활동에 참여해야 한다. 따뜻한 사회는 우리의 아름다운 봉사로 만들어질 수 있다.

정확한 자료 제시를 필요로 하는 기사문

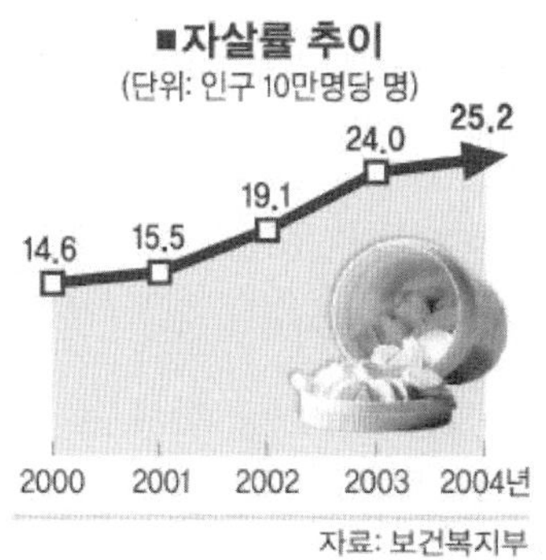

OECD가 회원국간 연령구조 차이를 제거한 상태에서 분석한 '2005년 연령표준화 사망률'에 따르면 우리나라 자살 사망자는 인구 10만명당 24.2명으로 가장 많았으며, 다음은 헝가리(22.6명), 일본(18.7명), 핀란드·벨기에(각 18.4명) 등의 순으로 나타났다.

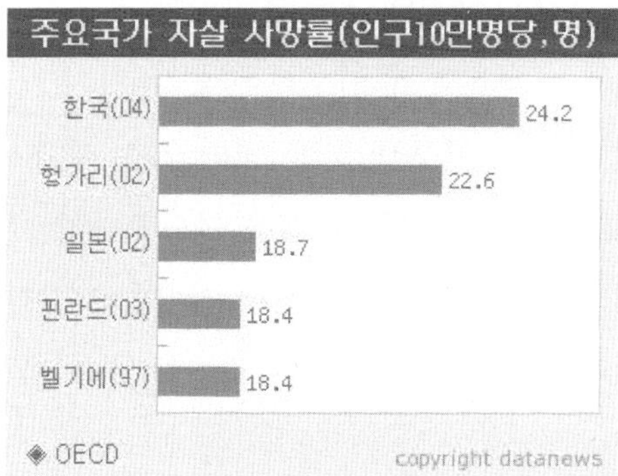

－ 2006년 4월 2～5일 기사 중 발췌

기사마다 제각각인 자료. 제대로 표기되지 않은 각 나라별 조사 연도.

기사를 제대로 쓰려면 오해나 왜곡을 막기 위해 객관적이고 자세한 (특히 통계 수치를 나타낼 때는 조사 시점까지) 자료를 제시해야 하는데 이건 무슨 기자 마음대로 자료를 이리 바꿨다 저리 바꿨다 하니 도대체 이 어수룩한 독자는 뭘 보고 정확한 정보를 얻을지 막막하다.

2005 연령표준화 사망률은 이름만 2005고 조사기간은 각 나라별 통계청 마음대로인가?

OECD는 모아진 자료를 그냥 합쳐 놓기만 하면 되는가?

자살인구는 나날이 늘어 가는데 어디는 2004년 어디는 2002년 어디는 1997년, 이런 식으로 비교하면 그게 어디 제대로 된 비교가 되겠는가.

명확한 기준과 시점을 두고 이에 맞춰 조사해 비교해야지, 도대체 이건 2000년 프랑스 출산율과 1990년 한국 출산율을 두고 비교하는 꼴이 아니겠는가.

하루하루 복잡하고 딱딱하게 변해 가는 현대사회에서 사람들의 자살률을 조사해 심각성을 깨닫고 줄일 대책을 세우자는 취지는 좋으나, 그 좋은 뜻에 걸맞도록 정확한 자료 제시에 좀 더 노력해 공신력 있는 보도 매체를 만들어 보자.

전시작전통제권에 관한 찬반논설

찬 성

　최근 전시작전통제권의 환수에 관련해 많은 논란이 일고 있다. 전시작전통제권이란 한반도에서 전쟁이 일어났을 때 한국군의 작전을 통제할 수 있는 권리를 말한다.

　현재 대한민국의 통제권은 미국에 주어져 있다. 이것은 한국전쟁 이후 계속되어 왔던 일이다.

　한국의 군통제권은 당연히 한국에 있어야 한다. 이것은 한 나라로서의 정당한 권리로 당연한 것이다.

　우리나라는 미국의 속국이 아닌 동등한 관계여야 한다. 그러기 위해서는 당연히 통제권을 되찾아 와야 한다.

　국가의 주체성과 주권을 제대로 찾기 위해서라도 말이다. 이대로 계속되다간 머지않아 우리는 미국의 통치 아래에 있는 식민지가 되고 말 것이다.

　환수를 반대하는 의견을 들어 보면 실제로 전쟁이 났을 때 우리나라의 군사력으로는 타국의 공격을 방어할 수 없다는 이야기를 하는데 이것은 어불성설이다.

요즘 시대에 정당한 명분 없이 그렇게 쉽게 전쟁이 일어날 리 없으며 현재 휴전중인 북한과의 관계도 좋은 편이라 당장 그런 전쟁은 발생하지 않는다.

또 통제권이 미국에 있으면 전시작전과 통제의 신속성에 문제가 있을 것이며 한국이 아닌 미국을 위한 작전을 펼칠 것이다.

우리나라의 문제를 미국까지 끌어들여 더 크고 더 불리하게 만들 필요는 없다.

더구나 남북분단의 원인이 미국 등의 강대국 세력다툼이라는 점도 반드시 환수를 해야 하는 이유 중의 하나이다.

우리나라는 신라의 삼국통일 때부터 다른 나라의 힘을 빌리고 외세에 이권을 침탈당하며 자주적이고 주체적이지 못한 나라가 되었다. 이런 상황을 언제까지 끌고 갈 셈인가.

국가의 자존심을 위해서라도 반드시 우리는 전시작전통제권을 되찾아 와야 한다.

미국의 눈치를 보며 시간을 끌 필요 없다.

당당한 대한민국으로서의 활개를 펼치기 위해서 우리는 미국에 맞설 줄도 알아야 한다.

사람들이 무엇이든지 지금 당장 하는 것이 중요하다는 진리를 깨닫고 전시작전통제권이 환수되기를 간곡히 바라는 바이다.

반 대

　국가를 잘 꾸려 나가기 위해서는 눈치를 잘 보는 것도 중요하다. 모든 동남아시아가 열강의 식민지가 되었을 때 타이는 뛰어난 중립외교를 펼쳐 영국과 프랑스의 경계에서 중립국으로서 나라를 지킬 수 있었다.

　세계에서 살아남으려면 세계를 보는 눈을 길러야 한다. 그런데 요즘 전시작전통제권에 대해 말들이 많아지고 있다. 문제의 요지는 현재 미국에 있는 한국의 전시작전통제권을 다시 환수하느냐 마느냐이다.

　앞에서 말했던 세계정황을 보는 눈을 가지고 있는 사람이라면 현재로서는 이것을 반대해야 마땅할 것이다.

　지금의 세상은 자존심만으로는 도저히 살아남을 수 없다. 실리를 생각하지 않고 무턱대고 강하게 나갔다가는 북한처럼 세계로부터 고립되는 일이 발생할 수 있다. 특히 최고 강대국 미국을 상대로 하는 일이라면 더욱 더 조심해야 한다.

　현재 우리는 엄청난 미국중심의 사회에서 살아가고 있기 때문이다. 전시작전통제권을 가져오는 것은 이런 미국의 눈에 밉보일 일이다. 아직은 약하고 작은 나라에 불과한 우리가 미국을 건드려 봤자 좋을 것 하나 없다.

　유럽연합도 미국 통제 아래 있는 이런 때 미국의 손에서 벗어나는 것은 현재 미국과의 친밀한 관계를 깨뜨려 도리어 대한민국의 위험을 초래하는 일이 될 것이다.

또 통제권이 미국에 있다는 것은 전쟁이 났을 시 미국의 지원을 바로 받을 수 있다는 것 또한 뜻한다.

한국군은 아직 너무 약하기 때문에 전쟁이 일어나면 도저히 방어할 힘이 없다. 북한과의 전쟁이 아직 종결되지도 않은 이런 상태에서 우리 군만으로 싸우라 하면 대한민국은 순식간에 초토화될 것이다.

정말 통제권을 되찾아야겠다 싶으면 때를 잘 보고 결정하는 능력을 길러야 한다. 하지만 지금은 그때가 아니다. 섣불리 반미감정과 옅은 지식으로 나라를 위험에 빠뜨리는 일을 벌이는 것보다는 좀 더 세력을 키워 한국의 힘을 키우는 것이 당장 우리에게 중요한 과제일 것이다.

나의 생활에 가장 영향을 많이 주는 정책

열여섯 나의 생활에 가장 영향을 주는 정책으로는 무엇이 있을까? 학교에서 교육을 받는 교육 정책을 뺀다면 아무래도 교통 정책이 아닐까 싶다.

국가 혹은 국가의 개입을 받으며 회사가 운영하는 버스와 지하철 등의 대중교통. 나는 정책에 따라 교통카드를 이용하기도 하고 정해진 방법에 따라 대중교통을 이용해 편리하게 서울 시내, 근교를 금방 저렴한 값에 이동할 수 있다.

승용차를 끌고 갈 상황은 못 되고 택시를 탈 돈도 없고 걸어가기엔 먼 곳을 갈 때 이런 대중교통은 나에게 아주 고마운 존재가 되어 준다.

서울 곳곳에 위치한 지하철역과 버스 정류장. 우리 집 근처에도 지하철역과 여러 버스 정류장이 있어 아주 편리하게 이용 중이다.

표를 구입해(혹은 교통 카드를 써서) 지하철 승강장으로 들어가면 몇 분마다 고르게 오는 지하철을 이용해 지상 교통상황과 상관없이 교통 지체 없이 빠르게 원하는 목적지로 갈 수도 있고, 지하철보다는 느릴 수도 있겠지만(요즘 서울에는 버스 전용 차선이 있기는 하지만) 정류장이 더 촘촘히 있어 목적지에 가까운 곳에 쉽게 하차할 수 있는 버스를 탈 수도 있다. 모두 우리 생활을 좀 더 편리하게 해 주는 고마운 것들이다.

이것들은 모두 국가의 교통 정책에 의해 운행되고 운영된다.

승용차를 탈 때도 교통 정책의 영향을 받는다. 신호등과 차선, 제한 속도에 의해 국가에서 공사하는 도로 위를 차들은 질서 있게 운전하게 되고, 정해진 교통 법규에 따라 안전한 교통 생활을 누릴 수 있다.

먼 곳에 갈 때는 돈을 내고 나라에서 건설한 고속도로를 타고 일직선으로 빠르게 갈 수도 있고, 강을 건너가야 할 때는 다리를 지날 수도 있다.

걸어 다닐 때에도 횡단보도와 육교를 이용하여 빠르게 지나가는 차들로부터 안전하게 길을 건널 수 있다.

그러나 직선으로 곧장 가면 목적지에 금방 도착할 것을 도로 규칙 때문에 멀리 돌아서 가야 하는 경우도 있다. 급한 일이 생겨도 중앙차선을 넘어 차를 운전한다거나 제한 속도보다 빠르게 간다면 법의 심판을 받는다.

이렇게 나는 편리하고 빠른 이동, 안전 등 교통 정책으로부터 많은 것들을 도움받기도 하고, 나에겐 오히려 좀 더 불편할 수도 있지만 공공의 질서를 위해 교통 법규를 지켜야 하는 경우도 생긴다.

이는 나뿐만이 아니리라. 국민이라면 모두 교통 정책에 영향받는 생활을 살고 있을 것이다. 이렇게 우리 모두에게 중요한 교통 정책.

고맙게 생각하며 더 좋은 정책을 실현할 수 있도록 바른 정치에 관심을 갖자.

일제청산, 더 이상 미룰 순 없다

과거 없는 현재란 없다. 때문에 우리는 항상 과거의 일에 대한 명확한 판단과 깊이 있는 이해를 하고 있어야 한다.

그래야만 정체성 있는 현재와 좀 더 나은 미래를 가질 수 있다. 그러기 위해선 지난 과거를 깨끗하게 정리해 놓아야 할 필요가 있다.

정리되지 않은 과거 다음에는 정리되지 않은 무질서한 미래만이 올 뿐이다. 그러나 과연 우리가 잘하고 있는지는 의문을 가져 봐도 되겠다.

결론부터 말하자면 우리는 잘하고 있지 않다. 우리의 과거는 아직 지저분하다.

36년간의 일제강점기, 우리 역사상 가장 수치스러운 시절이다. 수치스러운 만큼 기억할 건 다 기억하고 처리해야 할 건 다 처리해야 한다.

의문스러운 점, 미처 하지 못한 일 하나 없이 아주 깔끔한 상태로 정리해야 한다. 그러나 우린 그러지 못하고 있다.

일제 치하, 꽤 많은 사람들이 국가와 민족을 버리고 일본

편에 서서 독립투사를 괴롭히고 가난한 백성들을 핍박하는 등 악행을 저질렀다.

이것은 분명 옳지 못한 행동이며 이들은 처벌받아야 마땅한 사람들이었다.

그러나 우리는 1945년 광복한 이후에도 이들에게 벌을 주지 않았다. 광복 후 바로 했어야 할 일을 때를 놓쳐 제때에 하지 못하고 한참이 지난 지금까지도 하지 않은 채 있는 것이다.

식사 후 양치질을 안 한 것처럼 께름칙한 일이다. 반드시, 당연히 해야 했을 일인데 말이다.

이것은 자기 세력 지키기에 급급했던 이승만 대통령과 적당히 넘어가면 그만이라는 식의 미국 탓이다. 벌써 50년 넘게 제때를 넘긴 일이다. 지금이라도 빨리 과거사를 청산할 것을 울부짖는다.

그 당시에 했으면 제대로 처벌하고 재산을 몰수 환원하는 일이 아무런 차질 없이 쉽게 진행되었을 텐데 우물쭈물하던 새에 벌써 이렇게나 시간이 많이 흘러 직접 친일행위를 했던 사람들은 대부분이 죽고, 그때 얻은 재산 역시 여기저기 흩어지거나 대를 넘어 자손들에게 간 상태라 되찾아오기가 여간 곤란한 게 아니다.

그렇다고 해서 그냥 넘겨서는 아니 될 일이다. 이미 죽은 사람은 어쩔 수 없다손 치지만 죽지 않는 돈은 아직 남아 있다.

비록 지금은 잘못 없는 자손들의 손에 가 있지만 그 원출처가 부당한 것들이기에 80% 이상 환수해 국가의 것으로 돌려야 한다.

잘못된 경로로 벌어들인 돈이라도 시간만 지나면 당당히 쓸 수 있다는 그릇된 생각을 사람들에게 심어 주어선 안 된다.

효율적이지 않다고 해서, 이미 시간이 많이 흐른 일이라 해서 그냥 넘어가고 방치하면 안 된다.

이는 냉장고에 넣은 지 한참 된 생선처럼 점점 썩어 갈 뿐이다. 후세에게 더 큰 골칫거리를 넘겨주고 싶지 않다면 지금 당장 하라.

한글인의 자존심

최근 그릇된 세계화 물결에 휩쓸려 영어 공용화를 주장하는 사람들이 생겨났다. 그들의 말에 의하면 영어 공용화를 통해 우리가 보다 효율적인 영어공부를 해 한국인의 세계 경쟁력을 키울 수 있다고 한다. 하지만 이것은 미국인이 되는 길이지 결코 한국인의 경쟁력을 높일 수 있는 방법이 아니다.

한반도 최악의 역사였던 일제 강점마저도 꿋꿋이 이겨 내고 지금까지 우리 한민족이 버틸 수 있었던 건 강인한 민족정신 덕이었다.

어떤 어려움이 닥쳐도 우리는 항상 한민족이었으며 하나로 뭉쳐 이겨 냈다. 그런 우리 민족의 얼이 제대로 담긴 것이 바로 한글이다.

글과 말은 우리의 신념과 민족성을 대대손손 전해 주는 아주 중요한 매개체이자 그 자체가 다른 곳에선 볼 수 없는 우리만의 전통이다.

일제 강점 시절 일본이 제일 처음 우리에게 강요한 것도 일본어 사용이었다.

언어를 잃는다면 민족애는 자연히 사라질 수밖에 없다. 이렇게 한국인에게 중요한 한글과 한국어를 더 사랑하지는 못할망정 영어 공용화라는 어이없는 주장을 펼치다니 듣기만 해도 실소가 절로 터져 나온다.

한국어를 해야 한국인이다. 해외 교포 자녀들이 괜히 힘들게 한국어를 배우는 것이 아니다.

우리의 글 한글, 우리의 말 한국어. 이것이 있어야만 우리는 자신이 자랑스러운 한국의 핏줄이라는 걸 느낄 수 있다.

현 상황에서 영어 공용화를 실시한다면 학생들의 국어교육은 정말 최악의 위기를 맞게 될 것이다.

안 그래도 요즘 학생들이 영어는 학원에까지 다니면서 열심히 공부하면서 정작 국어공부는 소홀히 하고 있는데, 영어 공용화까지 한다면 아마 앞으로는 한국어보다 영어를 더 잘하는 아이들이 태반일 것이다.

이것은 결코 옳은 현상이 아니다. 영어를 받아들이면 영어권 문화까지 자연스레 받아들일 수밖에 없다. 성급한 판단으로 한국의 입지를 줄인다면 우리는 한국인으로서의 자아정체성이 흔들리는 심각한 문제를 겪게 될지도 모른다.

나는 영어로 대화하고 주식으로 빵을 먹는 미국인이 되고 싶지는 않다. 미국의 속국이 되고 싶은가?

korea 주(州)가 되고 싶은가? 한국을 지키자. 우리는 한국인이다. 한국인으로서의 긍지를 가지고 한국을 수호하자.

게다가 아무리 현재 세계의 중심이 미국이라 해도 언제 중국이나 인도가 최강국이 될지 모르는 일이다. 힘은 결국 돌고 도는 것이기 때문이다.

당장 약간의 이익만을 보고 영어 공용화를 실시했다가는 나중에 판세가 바뀐 후에 크게 후회하게 될 것이다.

경제나 교육보다 우선시해야 할 것이 바로 민족이다. 다른 민족과 문화에 흡수되지 않도록 우리 한국의 자리를 고고히 지켜야 마땅하다. 한글은 우리의 자존심이다. 부디 돈에 눈이 멀어 자존심을 버리는 우를 범하지 않기를 바란다.

윤새롬 ────────────────────────────────

▌약 력

- 서울소의초등학교 졸업
- 서울여자중학교 졸업
- 현) 자립형 사립고 현대청운고등학교 3학년 재학
- 『기다림』이라는 윤새롬 시집 출간(2006년)
- 제7회 전국 가사·시조·시 창작 공모전에서 학생부 장려상 수상(2006년)
- 월간 『문예사조』 신인상 수상으로 시인 등단(2006년)
- 한국 문단사에 새로운 장을 여는 모범학생으로 표창장 수상(2007년)
- 교지편집 동아리 회장(2008년)
- 학교 신문 및 교지 발간에 기여한 공으로 봉사상 수상(2009년)
- 독후감 최우수상, 백일장 및 논술경시대회에서 차상 수상 등 다수
- 경상일보 학생 칼럼니스트(2009년) - 『필담(筆談)』 출간

새롬이의
문학이야기

초판인쇄 | 2009년 8월 28일
초판발행 | 2009년 8월 28일

지은이 | 윤새롬
펴낸이 | 채종준
펴낸곳 | 한국학술정보㈜
주 소 | 경기도 파주시 교하읍 문발리 파주출판문화정보산업단지 513-5
전 화 | 031) 908-3181(대표)
팩 스 | 031) 908-3189
홈페이지 | http://www.kstudy.com
E-mail | 출판사업부 publish@kstudy.com

등 록 | 제일사-115호(2000. 6. 19)
가 격 | 17,000원

ISBN 978-89-268-0351-6 (Paper Book)
      978-89-268-0352-3 08810(e-Book)

이담 Books 는 한국학술정보(주)의 지식실용서 브랜드입니다.